1

2

Alain Chassagnard

LE FILS DU FALOTIER

Lors d'un voyage en Louisiane, un Cajun m'a dit que la France les avait oubliés, mais moi, je ne les ai pas oubliés.

C'est en hommage à tous ces hommes et femmes qui ont quitté le vieux continent espérant trouver une vie meilleure au Nouveau Monde, abandonnant sur place, famille et amis, que j'ai écrit ce roman.

Introduction.

En l'an de grâce 1680, Bourges était sous le règne de Louis XIV une petite ville provinciale du royaume de France qui comptait plus de dix mille âmes.

Bourges et Berry viennent du nom celtique biturige.

Les Bituriges Cubi, peuple celtique, ont occupé le centre de la Gaule (le Berry) vers 600 av.J-C. La cité berruyère avait su renaître de ses cendres après le terrible incendie de 1487.

Le grand incendie de la Madeleine, dont les flammes arrivèrent jusqu'au grand portail de la cathédrale, et où un tiers de la ville partit en fumée.

I

Janvier 1680 la nuit tombante, une épaisse brume venant des marais limitrophes s'était répandue sur la ville, empêchant les fumées s'échappant des cheminées de s'élever dans l'atmosphère. L'air était poisseux, humide, irrespirable. Cette humidité pénétrait partout, dans les moindres recoins, traversant les habits les plus épais et vous rendait tout moite et frissonnant.

Au jour déclinant, les ruelles devenaient désertes et peu sûres, de véritables coupe-gorge. Elles étaient livrées aux brigands, aux gueux[1] et aux poivrots. Ces derniers sortaient des cabarets malfamés en titubant, ivres d'avoir trop bu pendant toute la soirée une affreuse piquette venant des vignes avoisinantes.

---

[1] - miséreux-mendiants

Ils braillaient et chantaient à tue-tête des refrains qui auraient fait rougir des pieds à la tête la plus vulgaire des femmes de mauvaise vie des bas-fonds de la ville.

Certains braves gens, exaspérés par tant de bruit et de chahut, n'hésitaient pas, de leur fenêtre, à déverser sur la tête de ces malotrus le contenu de leur pot à pisser. À cette époque, les maisons n'étaient pas pourvues de lieux d'aisances.

Personne ne se serait aventuré dehors, au risque de se faire délester de sa bourse ; et malheur à celui qui résistait, il avait de grandes chances de passer de vie à trépas.

Il ne fallait pas compter sur les archers de la maréchaussée pour faire régner l'ordre après le coucher du soleil. Les patrouilles composées d'un exempt[2] et de trois archers, ne circulaient que de jour.

Les braves gens restaient cloîtrés chez eux bien au chaud, près de l'âtre familial. Seul les falotiers, allumeurs de lanternes, parcouraient la ville avec leurs perches.

C'est à ce moment-là, qu'Eugène Charion dit Eugène Le Fort débutait sa tournée. Il avait été désigné comme falotier par les autorités de la ville et devait allumer toutes les lanternes de son quartier en moins de quarante minutes, comme c'était l'usage.

Aucun brigand ne se serait frotté à lui, avec son 1,90 m et ses 80 kg ; il impressionnait avec sa biaude[3] noire et sa perche. Tout le monde le respectait, c'était une figure dans Bourges où il était connu comme le loup blanc. Il commençait toujours sa tournée par la rue des Trois Maillets, et la terminait par celle des Armuriers. Arrivant près de la cathédrale Saint-Étienne, il entendit un bruit et aperçut une ombre furtive qui disparut en courant dans une ruelle sombre.

---

[2] - maréchal de logis
[3] - blouse

Les miaulements de deux chats se battant non loin de là, s'ajoutant à la pénombre du lieu, rendaient l'endroit sinistre et lugubre.

S'approchant d'où venait le bruit, il reconnut les pleurs d'un enfant et découvrit bientôt sur le parvis de la cathédrale un bébé emmitouflé dans des haillons.

Il regarda autour de lui et ne vit personne. Pas une âme qui vive dans les parages, aucun bruit de pas sur les pavés glissants des ruelles nauséabondes. Les ruelles étaient désertes et silencieuses, seuls des lambeaux de brume s'en échappaient. Se penchant, il prit délicatement le bébé dans les bras, qui immédiatement, sentant une présence humaine, cessa de pleurer. Tout ému, soulevant délicatement un morceau des haillons, il aperçut un petit visage ruisselant de larmes qui lui souriait.

— Vain Dieu, que fais-tu là tout seul ? Tu vas ben attraper la crève avec le froid de canard qu'y fait ce souère[4].

Il n'était pas rare qu'en période de disette, des parents désespérés abandonnent un enfant en bas âge, faute de pouvoir le nourrir. Ils espéraient ainsi qu'une âme charitable le récupère et puisse subvenir à ses besoins.

Sans plus réfléchir, et n'écoutant que son bon cœur, il emporta son colis chez lui, bien au chaud, serré contre sa poitrine. Il habitait non loin de là, rue du Guichet, une petite maison qui avait été miraculeusement épargnée par les incendies des années précédentes.

Eugène la tenait de ses parents. Sa mère vivait aussi sous le même toit, en ce temps-là, les parents habitaient chez leurs enfants jusqu'à la fin de leurs jours.

---

[4] - ce soir

C'était une modeste maison à colombages d'un étage. Au rez-de-chaussée, une pièce commune avec cheminée, une table, deux bancs, une maie[5] pour les victuailles, une petite armoire à deux portes pour la vaisselle et, sous l'escalier un lit fermé par un rideau. C'est là que dormait la grand-mère.

À l'étage, une seule pièce avec un lit pour les deux garçons et un autre à baldaquin fermé lui aussi par un rideau, pour les parents. Dans un coin, un berceau pour la dernière, et au fond de la chambre, une vieille armoire en noyer pour le linge, ainsi qu'un tabouret. Un crucifix orné d'une branche de buis béni était accroché au mur pour la prière du soir. Près de la fenêtre, une chandelle servant d'éclairage était posée sur une petite table en bois recouverte d'une étoffe brodée. Sur cette même table se trouvaient un broc et une cuvette pour la toilette et, en dessous, soustrait aux regards, le pot à pisser.

En entrant chez lui, une rafale de vent glacial s'engouffra dans la pièce, faisant vaciller les flammes de l'âtre.

— Tiens Blanche ! J'ai trouvé un chicrot[6] sur le parvis de la cathédrale, il doit être affamé, dit-il tout en remettant le bébé dans les bras de sa femme.

Puis il repartit à sa besogne en prenant soin de bien refermer la porte.

— Sainte Vierge ! C'est'y pas malheureux d'abandonner son enfant comme ça.

— Tu dois avoir faim !

L'enfant ne devait pas avoir plus de quatre mois et paraissait en bonne santé. Sans plus attendre, Blanche s'assit sur un banc avec le bébé dans les bras, ouvrit sa chemise et lui donna le sein.

---

[5] - coffre en bois sur pied
[6] - nouveau-né

Blanche, une petite bonne femme boulotte aux yeux rieurs qui du haut de son 1,60m, paraissait minuscule auprès de son mari, a mis au monde cinq enfants, dont deux sont décédés quelques jours après leur naissance. Il restait deux gringalets de garçons de cinq et trois ans, Flavien et Jules, et Justine la petite dernière de huit mois. Avec le nouveau-né, cela fera quatre bambins, mais surtout une bouche de plus à nourrir.

Eugène et Blanche ne roulaient pas sur l'or, ils arrivaient tout juste à nourrir toute la famille. Ils s'étaient rencontrés pour la première fois dans les premiers jours de l'été. C'était à la fête de la Saint-Jean dans le bourg de Saint-Oulchard, à une lieue de Bourges, en faisant une ronde autour d'un feu. Il y a déjà seize ans de cela, ils se plurent de suite et se retrouvèrent par la suite au cours de la fête des moissons, puis un mois plus tard, à l'assemblée[7] des vendanges. Ces fêtes étaient animées par un violoneux et un cornemuseux, et ils y dansèrent la bourrée et la farandole jusqu'à tard dans la nuit.

L'année suivante, un jour ensoleillé de printemps, ils se marièrent devant Dieu dans la petite église de Saint-Ouchard -en-Septaine, localité de la mariée. La noce dura deux jours, deux jours de fête et de bombance, avec les deux familles réunies, du plus jeune au plus âgé. Même que des cousins du marié, les Leloup, habitant près de Charot (Chârost) à huit lieues de là, avaient fait le déplacement.

Eugène était falotier la nuit et rémouleur le jour. Du lever au coucher du soleil et en toute saison, il se déplaçait à travers la ville avec une meule fixée sur une brouette. S'arrêtant à chaque coin de rue, il agitait une clochette en criant « Repasseur-repasseur ! Repasse couteaux et ciseaux!».

---

[7] - fête de campagne

11

Blanche, quant à elle, troisième fille d'une famille de guéredaud[8] était devenue lavandière et lavait le linge de bourgeois et de commerçants. Ses parents avaient une ferme près de Saint-Ouchard-en-Septaine. Avec deux cents arpents de labour, cent de vigne, cinq vaches, une dizaine de chieuves[9], quelques volailles et lapins, ils s'en sortaient assez bien. Ils pouvaient aider leur fille de temps en temps, en lui fournissant légumes frais et viande. Tous les matins, Blanche descendait avec son battoir et un ballot de linge sale au lavoir se trouvant au bord de l'Auron, rivière passant au pied de Bourges.

Eugène Le Fort était le dernier d'une lignée de six enfants, tous emportés par une épidémie de rougeole. Il ne connut que très peu son père qui décéda, quatre ans après sa naissance, d'une pneumonie mal soignée.

Les épidémies étaient nombreuses, celle de la peste de 1628 fit de nombreuses victimes dans la ville ; on décompta au moins cinq mille morts. Un habitant sur trois mourut de la maladie, et même la campagne n'en fut pas épargnée, malgré la mise en quarantaine de la ville.

Sa mère Marie, dit Marie la pieuse, veuve à trente ans, ne se remaria jamais. Elle éleva toute seule son enfant, en faisant des ménages chez de riches commerçants, qui avaient eu pitié d'elle.

Les Charion, malgré leurs recherches, ne surent jamais qui étaient les parents du nouveau-né, et décidèrent de l'adopter.

Étant donné qu'il fut trouvé sur le parvis de la cathédrale Saint-Étienne et que c'était un garçon, Eugène et Blanche

---

[8] -paysan
[9] - chèvres

décidèrent de l'appeler Étienne, et il eut donc comme surnom Étienne d'Eugène.

N'ayant pas les moyens d'acheter un nouveau berceau, Eugène Le Fort en fabriqua un avec une armature en bois et un couffin d'osier que sa mère confectionna le soir à la veillée.

II

Étienne d'Eugène fut de suite adopté par la fratrie. Il n'y eut aucune jalousie de la part de Flavien et de Jules, les aînés, qui le considérèrent comme leur frère.

Élevés ensemble, et n'ayant que peu de différence d'âge, Étienne et Justine s'entendaient comme cul et chemise. Ils devinrent vite inséparables, et tout le monde les appelait les jumeaux.

C'était la grand-mère Marie la pieuse qui s'occupait des enfants et préparait le repas pendant que les parents travaillaient. Elle-même ne chômait pas, à temps perdu, elle fabriquait des paniers en osier, qu'elle revendait sur le marché. L'hiver, son fils Eugène allait couper des rameaux de saule dans les marais et sur les rives de l'Yèvre, puis les ramenait faire sécher à la maison près du foyer de la cheminée. Une fois secs, les brins d'osier étaient fendus dans leur longueur à l'aide d'un fendoir.

C'était avec ces brins d'osier fendus en deux ou quatre, que Marie la pieuse, le soir à la veillée, confectionnait ses paniers à la seule lueur de l'âtre.

Les jours et les années s'écoulaient tranquillement pour les quatre enfants. Certes, il y eut bien quelques années difficiles où les hivers furent très rudes et la nourriture manquante, suite à un printemps et un été très pluvieux ou trop sec, mais leurs parents firent en sorte qu'ils n'en souffrent pas trop.

Les repas n'étaient pas très variés, soupe matin, midi et soir, généralement une soupe au chou, avec un morceau de lard. Haricots, pois, raves, et quelques fois des harengs ou bien de la morue salée, étaient aussi au menu. Pour le dessert, des calots[10] que les enfants avaient chalés[11] sur le bord des chemins creux, des fraises des bois ou des noisettes sauvages suivant la saison. Des pommes, ramassées dans un verger chez les parents de Blanche, amélioraient l'ordinaire des repas. Comme boisson, une cruche d'eau ramenée de la fontaine. Le dimanche et les jours de fête étaient les seuls jours où l'on mangeait de la viande et buvait de la piquette, mais en période de vaches maigres où les denrées se faisaient rares, ils se contentaient d'une soupe et d'un quignon de pain sec.

Les deux aînés se chamaillaient souvent, c'étaient des enfants agouants[12] comme disait leur grand-mère. Flavien cherchant toujours des noises[13] à son frère Jules, mais pour faire des bêtises, ils étaient toujours de connivence.

Le jeu préféré des garçons, était d'organiser une bataille de rue, armés de bâtons et d'épées en bois avec les enfants du quartier. Ils se bagarraient contre ceux de la ville basse,

---

[10] - noix
[11] - abattre les noix avec un bâton
[12] - désobéissants
[13] - querelles

mais généralement, cela se terminait mal. Ils rentraient souvent à la maison avec des gnons et les vêtements déchirés, que Blanche devait ravauder[14] le soir même à la lueur d'une chandelle.

Eugène, de nature plutôt calme, se mettait alors dans une colère noire. Après avoir pris une bonne engueulade et un coup de trique sur le derrière, les deux garnements allaient se coucher sans manger en se tenant les fesses endolories. Mais cela ne les empêchait pas de recommencer les jours suivants.

Justine, était une petite fille blonde, avec des taches de rousseur sur les joues et un joli petit nez en trompette. Elle ressemblait à sa mère comme deux gouttes d'eau, les rondeurs en moins. Elle se promenait toujours avec sa poupée dans les bras, une poupée faite de chiffons de toutes les couleurs, et de bouts de laine en guise de cheveux. C'était Blanche qui l'avait confectionnée avec amour et lui avait offert, le jour de ses deux printemps.

Quant à Étienne, il était brun avec des yeux noisette pleins de malice. Ses grands frères lui apprirent très tôt à se défendre et à se servir d'un bâton, ce qui lui rendit plus tard de nombreux services. Il passait la majeure partie de son temps avec sa sœur, qui n'avait d'yeux que pour lui. Il fallait les voir allant à vau-l'eau[15] la main dans la main riant de tout et de rien.

Les Charion, bien que tirant le diable par la queue, firent en sorte que les jumeaux apprennent à lire et à écrire. Ils les envoyèrent donc à l'école paroissiale, mais durent débourser au régent un droit d'écolage[16] de 3 pistoles par enfant.

Les aînés, eux, n'eurent pas cette chance, mais cela ne les chagrina nullement, car ils préféraient s'amuser dans les

---

[14] - raccommoder
[15] - marcher le long de la rivière
[16] - frais de scolarité

ruelles avec les autres enfants de leur âge à organiser des combats.

À la bonne saison, Étienne et Justine aimaient se rendre au lavoir avec Blanche. Ils l'aidaient à transporter le linge et à l'étaler sur l'herbe les jours de soleil, pour qu'il puisse sécher. Chaque lavandière avait une place bien définie, où elle pouvait s'agenouiller dans son cabasson[17] garni de paille. C'était un travail harassant de passer une partie de la journée à genoux, à frotter le linge avec de la cendre sur la planche à laver, puis le rincer, le frapper avec le battoir et enfin le tordre pour l'essorer.

Il y avait la grosse Margot, qui faisait peine à toutes, elle s'échinait toute la sainte journée pour gagner quelques pistoles afin de nourrir ses six marmots. Faute de pouvoir les faire garder, ils la suivaient partout, les cheveux en bataille et la morve au nez. Elle ne pouvait compter sur son ivrogne de mari pour faire bouillir la marmite, car celui-ci n'a jamais rien fait de ses dix doigts et rentrait tous les soirs, rond comme une queue de pelle, après s'être enluminé la trogne[18] dans les tavernes.

Il y avait aussi la femme du sabotier, la mère Agathe, qui avait la langue bien affilée[19], et passait son temps à dire du mal des autres, une vraie langue de vipère. L'échoppe de son mari, située rue des Toiles, servait de lieu de rendez-vous à toutes les mégères du quartier. Elles s'en donnaient à cœur joie et n'avaient pas leurs pareilles pour colporter des ragots.

Il ne faut pas oublier la veuve Marta à qui plus personne ne parlait, et que l'on surnommait « la catin » depuis que son

---

[17] - boite en bois
[18] - s'enivrer
[19] - langue bien tendue

mari, un brave homme un peu niais, s'était pendu. Il avait mis fin à ses jours après s'être rendu compte que sa Marta le cocufiait depuis de nombreuses années. Cela c'était passé la veille de la Noël pendant que sa femme était à la messe de minuit. Tout le monde s'en souvient et s'en souviendra encore longtemps. Il avait été enterré trois jours plus tard sous une froidure intense pendant une tempête de neige. Afin de pouvoir creuser la tombe, les fossoyeurs avaient dû allumer un brasier pour réchauffer la terre, tant le sol était gelé en profondeur.

Cet hiver-là, il avait gelé à pierre fendre pendant deux longs mois d'affilée. Certains prétendaient qu'une pendaison le jour de Noël apporterait le malheur jusqu'au Noël suivant.

Tous les dimanches, pendant cette période, les braves gens étaient très nombreux à se rendre à la Grand-messe et aux vêpres. Ils allumaient un cierge au pied de la statue de Saint-Étienne, le saint patron de la cathédrale, espérant ainsi conjurer le mauvais sort qui soi-disant, s'était abattu sur la cité berrichonne.

Toujours est-il que cette année-là, en plus d'un hiver fort rude, l'été fut très chaud, et l'automne arrosé de pluies diluviennes. Les rivières sortirent de leur lit, ce qui ne s'était pas vu depuis plusieurs années, et une partie des récoltes fut dévastée par des tempêtes de grêle. Il y eut même deux échoppes qui prirent feu, celle du charron et celle du fournier, sans que l'on sache pourquoi.

La mère Agathe qui n'avait pas la langue dans sa poche, voyait dans ces incendies, l'intervention du malin[20].

Dans le Berry, les croyances et les superstitions étaient nombreuses. Les gagne-deniers, les besogneux, les miséreux, ne pouvant payer un médecin, se faisaient soigner chez la

---

[20] - diable

toucheuse[21], le panseux de secrets et autres adeptes de l'occultisme qui, pour faire disparaître une verrue, jetaient une poignée de haricots blancs dans le puits, tout en récitant une prière.

La sorcellerie, surtout dans la campagne, était pratique courante. Il arrivait que des personnes se retrouvent envoûtées ou qu'un troupeau de vaches, d'oueilles[22] ou de chieuves ne donne plus de lait ou meurt sans aucune raison apparente. Elles devaient alors consulter un leveux de sorts qui contre quelques pièces ou une volaille, leur prescrivait des prières, censées conjurer le mauvais sort.

Toutes les personnes soupçonnées de sorcellerie, risquaient d'être arrêtées par la maréchaussée et jugées au cours d'un procès. La sentence était toujours la même, une condamnation à être brûlées vives sur un bûcher au milieu de la place publique. Ces procès étaient très prisés par la populace, qui venait en grand nombre, et même parfois de très loin, assister au châtiment.

Au lavoir, les commérages allaient bon train, c'était le lieu de prédilection pour connaître tous les potins de la ville. La mère Agathe n'était pas la dernière pour critiquer, et elle se délectait à propager de fausses nouvelles.

— Elle a le feu au cul !... Disait-elle à qui voulait bien l'entendre en parlant de la veuve Marta.
— Les jumeaux ! Allez jouer plus loin.

Blanche éloignait toujours les enfants quand la mère Agathe se mettait à bafuter[23].

---

[21] - guérisseuse
[22] - brebis
[23] - dire du mal

— Pourquoi dites-vous ça mère Agathe ? C'est des mentes[24] tout ça !

— Ben dame que non ! J'l'ai vue comme je vous vois la Blanche ! Pas plus tard que dimanche dernier, après la grand-messe, j'l'ai vue se biger[25] derrière l'archevêché avec le fils du bourrelier, un jeunot d'à peine vingt ans qui pourrait être son fils et, à c't'heure, elle est p't'ête encore avec lui !

---

[24] - mensonges
[25] - s'embrasser

III

Un jour de début d'été, alors que les jumeaux, devenus adolescents, se promenaient sur les berges de l'Auron, ils firent la connaissance d'un drôle de personnage. Un individu atypique, portant une barbe et fumant la pipe, était assis au bord de l'eau, à l'ombre d'un saule pleureur, une canne posée près de lui. Les yeux dans le vague et l'air rêveur, il regardait le courant de la rivière. On le surnommait le Boiteux, mais nul ne connaissait son vrai nom, et d'étranges histoires circulaient sur son passé.

Certains disaient que c'était un ancien corsaire, qu'il avait été fait prisonnier par les Anglais lors d'un abordage puis enfermé dans une prison de Londres. Un an plus tard, il se serait évadé avec deux complices gabiers[26] comme lui, en

---

[26] - matelot affecté à la mâture

soudoyant un geôlier, un ancien flibustier qu'il avait connu dans les Caraïbes sur l'île de la Tortue. Arrivés en France, après avoir volé un bateau pour traverser la Manche, ils récupérèrent et se partagèrent le butin de leurs pirateries, cachés dans une grotte marine, près d'Étretat. Avec cet argent, il avait pu s'acheter une petite maison rue des Armuriers, mais personne ne savait pourquoi le Boiteux avait choisi le Berry comme lieu de retraite.

La mère Agathe avait bien sa petite idée là-dessus, elle racontait que c'était pour une femme, et que cette femme serait décédée peu de temps après son arrivée à Bourges. Et depuis, il vivait seul avec ses souvenirs.

— Bonjour M'sieu !... dirent les enfants d'une seule voix.
— Bonjour les petits !... voulez-vous que je vous apprenne à faire un bateau ?
— Oh oui M'sieu !... répondirent les jumeaux, pas du tout effarouchés par le personnage.

C'était une personne sans histoire, qui aimait les enfants, lui qui n'en a jamais eus et qui aurait tant aimé en avoir.

Toujours prêt à rendre service, il saluait les gens lorsqu'il les croisait. Trouvant qu'il n'avait plus l'âge de faire de la flibuste, un jour, il décida de poser son coffre à Bourges.

Rien ne pouvait laisser supposer qu'il avait été corsaire, et pourtant, il ne ressemblait aucunement aux gens d'ici. Il avait la peau tannée par le soleil et le sel des embruns, et avec son drôle d'accent, il n'en fallait pas plus pour que les braves gens de Bourges se méfient de lui. Mais il ne leur en tenait pas rigueur pour autant.

Étienne et Justine, curieux comme sont tous les enfants de leur âge, s'approchèrent et s'assirent auprès de lui. Il prit un morceau de bois mort qu'il tailla et creusa avec son couteau pour en faire une coque, une brindille pour le mât et une feuille d'arbre en guise de voile.

Une fois fini, il déposa l'embarcation sur l'eau, qui, avec la force du courant, s'éloigna d'abord doucement puis rapidement de la rive, pour disparaître enfin de leur vue.

— Vous voyez les enfants, avec un peu de chance, s'il ne chavire pas, ni ne s'échoue, dans quelques jours, il aura peut- être atteint l'océan, à moins qu'il ne se fasse attaquer par les corsaires du roi !

Depuis ce jour, les jumeaux revinrent fréquemment s'asseoir près du Boiteux. Il leur raconta comment il était devenu pirate, leur fit le récit de ses voyages sur les mers et océans du globe. Il évitait toujours de détailler les scènes les plus cruelles, celles qui auraient pu les effrayer.

Il leur conta aussi comment il avait reçu, lors d'un abordage, un mauvais coup de sabre sur la cuisse. Cette blessure le faisait boiter et il en souffrait beaucoup à chaque changement de temps. Lui qui d'ordinaire était peu loquace, devenait alors intarissable pour décrire ses courses.

Natif de La Rochelle, et fils de morutier, le Boiteux dès l'âge de douze ans devint moussaillon. Il embarqua avec son père sur une pinasse de deux cents tonneaux partant pour Terre-Neuve à la pêche à la morue.

C'est au cours de ces voyages dans les mers froides du nord de la Nouvelle-France, qu'il affronta ses premières tempêtes, et rencontra des baleines. Le métier de morutier n'était pas de tout repos, ni sans danger. Les navires levaient l'ancre au printemps, et revenaient sept à huit mois plus tard quand les cales étaient remplies de poissons. Une trentaine de marins en composait l'équipage, et avant de partir, il fallait charger les tonneaux de sel ainsi que le ravitaillement pour plusieurs mois. La navigation était rendue difficile par le brouillard, les icebergs à la dérive, et les navires de la perfide Albion[27]. Ceux-ci n'hésitaient pas à aborder nos navires afin de prendre leur cargaison de sel à l'aller ou de morues au retour. Après trente jours de mer, ils arrivaient enfin sur leur lieu de pêche, Le Grand Banc, au large de Terre-Neuve, où ils côtoyaient des navires basques, bretons et espagnols.

C'était une pêche pénible et dangereuse qui se faisait à la ligne. Une fois prises, les morues étaient découpées, nettoyées et salées avant de rejoindre la cale. Il arrivait qu'un marin au cours d'une forte houle, passe par-dessus bord, et avec une eau à 4°, il ne survivait que rarement.

— Bonjour les enfants, quel âge avez-vous ?

— Douze ans, M'sieu !

— J'avais à peu près votre âge, quand, du port de La Rochelle, je suis parti pour la première fois avec mon père sur un terre-neuvier. La moitié de l'équipage n'était guère plus vieux que moi. Nous n'étions pas très rassurés, surtout quand la mer était grosse et que des paquets d'eau glacée s'écrasaient sur le tillac, en balayant tout sur leur passage. Pas habitués à naviguer, beaucoup d'entre nous étaient malades, et vomissaient tripes et boyaux. C'est lors de ce voyage que nous avons vu pour la première fois une baleine, un animal gigantesque de dix toises de long avec une large queue et deux grandes nageoires. Son souffle provoquait un grand jet d'eau aussi haut que le mât d'artimon.

Elle nous a fait une sacrée frayeur lorsqu'elle est passée sous la coque. Elle est réapparue peu de temps après, à quelques encablures du navire en faisant un saut au-dessus de l'eau, au milieu de gerbes d'eau et pour disparaître enfin au fond de l'océan Un seul coup de sa queue aurait pu réduire notre navire en mille morceaux.

---

[27] - expression du XVIIe siècle désignant l'Angleterre

Nous avons aussi rencontré des blocs de glace gros comme des maisons, qui flottaient et menaçaient de nous faire couler. Même qu'une fois, un morceau que les vigies n'avaient pas vu, nous a touchés et nous avons dû réparer les avaries à Port Royal, en Acadie. Nous y sommes restés une semaine afin que les charpentiers puissent réparer les dégâts causés par l'iceberg.

Le Boiteux arrêta son récit, retira sa pipe de la bouche et la vida en la frappant contre sa chaussure. Puis lentement, en prenant tout son temps, il sortit sa blague à tabac d'une poche, bourra minutieusement sa pipe, referma la blague qu'il remit dans sa poche.

Il savourait pleinement ce moment où, jetant un œil sur son jeune auditoire, il pouvait observer les jumeaux qui le regardaient sans mot dire. Ils étaient là, assis en face de lui, immobiles, bouche bée, les yeux ronds comme des billes, impatients de connaître la suite.

Écourtant ce supplice aux enfants, il alluma enfin sa bouffarde et tira trois bouffées de tabac. Un nuage de volutes bleutées le cerna comme une aura qu'il chassa d'un revers de la main, puis il reprit le déroulement de son histoire.

— C'est là que j'ai rencontré des sauvages, des Indiens, comme ils les appellent là-bas, de la tribu des Micmacs, habillés de peaux de bêtes, avec une plume dans les cheveux. Ils se mettent de la peinture rouge et noire sur la figure et portent une petite hache, un tomahawk, à la ceinture. Ils sont chasseurs et pêcheurs et troquent leurs fourrures, principalement des peaux de castors, avec des marchands de Port Royal, qui font le commerce de pelleterie. Ils échangent leurs peaux contre du tabac et des pacotilles, des perles en verre dont leurs femmes raffolent pour fabriquer des colliers de toute beauté. Leurs habitations, qu'ils appellent wigwams, sont des huttes recouvertes de peaux et d'écorces. Ils naviguent sur les rivières avec des embarcations, des canoës faits d'écorce de bouleau et les femmes portent toute la journée leur bébé sur le dos.

Les forêts s'étendent à perte de vue, il y coule des rivières qui se jettent dans des lacs grands comme des mers. L'on y rencontre des animaux inconnus de par chez nous, des ours noirs, des tuktuks[28] et des orignaux, des animaux plus grands que les cerfs de nos forêts.

Il y a aussi de nombreux Français, les coureurs de bois, qui chassent une grande partie de l'année et vivent de la vente des peaux. L'hiver dure huit mois et le sol est recouvert d'une épaisse couche de neige. Pour se déplacer, ils utilisent des raquettes faites de bois et de cuir et, il y fait si froid qu'ils ne peuvent enterrer leurs morts dans le sol gelé. Ils les posent sur le toit de leur cabane jusqu'au dégel du printemps, pour ne pas qu'ils se fassent dévorer par les animaux sauvages.

Le Boiteux s'arrêta de parler puis ralluma sa bouffarde qui s'était éteinte.

— Je vous raconterai la suite un autre jour, dit-il, il se fait tard. On entend les cloches de Saint-Étienne sonner l'angélus. Il est grand temps de regagner vos pénates, sinon vous allez vous faire gourmander[29] par vos parents.

Les enfants se levèrent, dirent au revoir au Boiteux et partirent en courant, la main dans la main en riant de bon cœur tout en commentant les voyages du Boiteux. Ils se voyaient déjà sur un morutier affrontant des tempêtes, tout en évitant baleines et icebergs.

---

[28] - des caribous
[29] - disputer

En revenant de la rivière, il leur arrivait parfois, suivant la saison, de ramasser du cresson au bord de l'eau pour la soupe du soir, ou bien de cueillir des pissenlits en bordure du chemin.

Mais aujourd'hui, ce n'était pas le moment de musarder, s'ils ne voulaient pas être en retard pour le dîner. Eugène Le Fort était très pointilleux sur l'horaire des repas, et ne tolérait aucun retard.

Une fois la famille réunie autour de la table, Eugène à un bout, Blanche et la grand-mère de l'autre, près de la cheminée où chauffait, pendu à la crémaillère, un chaudron rempli de soupe. Eugène en tant que chef de famille et bon chrétien, récitait, comme à l'accoutumée le bénédicité. Faisant avec son couteau le traditionnel signe de croix sur la miche de pain, il en coupait des tranches d'égale épaisseur qu'il distribuait à chacun des membres de la famille.

Pendant le repas, les enfants n'étaient pas autorisés à parler, ce qui chagrinait les jumeaux qui auraient bien aimé conter les voyages du Boiteux.

La nuit, Étienne rêvait d'abordages et de batailles navales, il rêvait d'être capitaine et maître après Dieu d'un navire faisant la course en mer au nom du roi de France, chassant l'Anglais et l'Espagnol des mers du globe. Il n'avait de cesse de répéter à la Blanche et à ses frères que, quand il serait grand, il deviendrait corsaire et, parcourant mers et océans, leur rapporterait mille trésors. Sa mère avait eu beau lui dire que corsaire n'était pas un métier, il n'en démordait pas.

Les jours et les années passèrent, mais dès les beaux jours revenus, les enfants redescendaient au bord de l'Auron, à la rencontre du Boiteux.

— Faudra ben qu'on leur dise un jour qu'ils ne sont pas frère et sœur, da cause tu vois, l'Eugène, ces deux- là, un de ces jours, on va ben finir par les marier, disait Blanche en voyant s'éloigner les jumeaux, main dans la main.

Toujours avides de récits de courses en mer, ils ne se lassaient pas d'écouter les péripéties des voyages du bout du monde du Boiteux. Avec l'âge, sa mémoire commençant à défaillir, il répétait souvent les mêmes histoires, peut-être même, que ses voyages, il en inventait quelques-uns, mais toujours est-il que les jumeaux l'écoutaient toujours avec autant d'intérêt, religieusement, et en redemandaient.

— Bonjour M'sieu !
— Bonjour les enfants, j' pensais pas vous voir c'tantôt[30], Approchez-vous, je vais vous raconter comment je suis devenu corsaire du roi.

Les jumeaux s'assirent dans l'herbe et ouvrirent grand leurs oreilles.

— Certes, c'est point demain la veille que j'oublierai ce jour, dame non !

Le regard du Boiteux se porta au loin, comme s'il eut cherché au fin fond de sa mémoire. Il remit sa pipe à la bouche, tira une bouffée et se mit à conter ses aventures, entouré d'un halo de fumée odorante.

C'était en mai 1660 à Saint-Malo, j'en ai souvenance, parce que notre bon roi Louis Dieudonné (Louis XIV), venait de se marier avec Marie-Thérèse d'Espagne fille de Philippe IV ; ce qui avait mis fin à la guerre de Trente Ans ; et que pendant plusieurs jours, tout le royaume avait fêté cet événement. Mes ennuis commencèrent dans une gargote près de la cathédrale Saint-Vincent.

---

[30] - cet après midi

Je finissais une mauvaise soupe servie par une grosse femme souillon sans âge, courtaude, au visage rougeaud, et sentant la vinasse à plein nez. De longs cheveux crasseux s'échappaient de son bonnet de dentelle dont la couleur était plus que douteuse. C'est au cours de ce repas que je fis la connaissance de deux Malouins gabiers comme moi. Ensemble, nous avons causé de campagnes de pêche au large de Terre-Neuve et fait la tournée des tavernes et cabarets de Saint-Malo. Nous nous sommes retrouvés à *La pie qui boit* et au *Chat qui danse* à vider des chopines de vin et à boire du tafia une grande partie de la nuit. M'ayant fait boire jusqu'à plus soif et ne tenant plus debout, ils m'ont ramené en titubant, sur le pont de leur navire. Je n'ai pas souvenance de ce qui s'est passé, mais le lendemain à l'aube, j'ai été réveillé par un seau d'eau à travers la figure. Cré vain dieu ! J'avais une sacrée gueule de bois.

— Matelot, réveille moi ce soûlard ! Cria le maître d'équipage d'une voix tonitruante.

Un coup de pied dans les reins me fit pousser un cri de douleur et me réveilla complètement.

— Debout, bois-sans-soif, sinon tu vas avoir droit au chat à neuf queues[31] !

Il fallait se rendre à l'évidence, j'avais été enrôlé de force sur un navire voguant je ne sais où. J'entendais le sifflet du maître d'équipage qui commandait la manœuvre et qui hurlait ses ordres.

— Hissez la grand-voile !
— Hissez ho ! criaient les marins en tirant comme des forcenés sur les drisses.

---

[31] - fouet à neuf lanières

L'esprit toujours embrumé par les excès d'alcool de la veille, je suivis les autres gabiers dans la mâture au risque de tomber à la mer ou sur le tillac.

Le navire avait quitté le port depuis peu, et nous venions de passer devant l'Éperon et le Grand Donjon. Une envie folle de fuite s'empara de moi, mais m'enfuir pour aller où ? En sautant par-dessus bord ? Il n'y fallait point songer, nous étions déjà à plusieurs encablures du rivage, et c'était un cas de désertion, passible de la pendaison. Je me trouvais donc prisonnier sur l'*Escale*, un navire à trois mâts de 300 tonneaux. Un pinque, armé de 16 canons de quatre qui, poussé par un bon vent de terre, la grande voile déferlée, filait maintenant bon train, vers le large. Le Grand Donjon de Saint-Malo s'éloignait doucement de notre vue, puis disparut de l'horizon.

L'*Escale*, n'était pas un vaisseau ordinaire, il était commandé par un capitaine de renommée, le capitaine Jean Bouin, corsaire et parfois pirate, peut-être même plus pirate que corsaire.

Je maudissais ce jour où j'ai mis les pieds dans cette gargote, si au moins j'avais eu mes compagnons avec moi, je ne me serais pas laissé entraîner. Les deux individus que j'avais rencontrés, étaient d'accointance avec le maître d'équipage de l'*Escale*, pour recruter un matelot. Moyennant une récompense de quelques pistoles, ils devaient trouver un gabier afin de remplacer celui qui s'était tué en tombant du haut du grand mât. Profitant de mon ivresse, ils m'ont fait signer un engagement de cinq ans à servir sur l'*Escale*. J'appris plus tard, que le capitaine, pratiquant la guerre de course, avait reçu une lettre de marque pour chasser le Hollandais dans les Caraïbes et l'océan Indien.

Après avoir viré de bord, l'*Escale* mit le cap au sud-ouest, toutes voiles dehors, les seize sabords fermés, un vent en poupe lui permettant de maintenir une bonne allure.

Nous longions la côte de la Galice, puis celle du Portugal, passant au large des îles Canaries, nous prenons la direction des Caraïbes. Et c'est ainsi que je devins corsaire du roi.

Le Boiteux fit une pause, le regard ailleurs, comme s'il cherchait dans ses souvenirs, puis reprit.

— Nous avons écumé pendant plusieurs années la mer des Antilles, et fait plusieurs prises hollandaises. Puis, de retour à Saint-Malo, nous avons partagé les richesses accumulées lors de nos abordages. Après quelques jours passés à terre à nous enivrer avec du tafia frelaté, et à fréquenter des malouines, femmes de mauvaise vie à la croupe poulinière, dont le verbe aurait fait rougir les plus coriaces flibustiers des frères de la côte, nous sommes repartis chasser le Hollandais dans l'océan Indien. Passant près de l'île de Gorée, nous avons mis en panne pour nous avitailler en eau douce, volailles et fruits. Un négrier battant pavillon du royaume de France, y avait jeté l'ancre et était en cours de chargement de bois d'ébène[32] pour les Antilles.

— M'sieu ! C'est quoi donc un négrier ? demanda Étienne, intrigué.

— Un négrier, mon petit, est un navire qui transporte des hommes et femmes noirs comme de l'ébène, habitant l'Afrique, pour aller travailler dans les champs de canne à sucre et d'indigo, des îles de Cuba et d'Hispaniola.

L'ancien corsaire ne donna pas plus d'explication, pour ne pas effrayer les enfants. Il ne leur dit pas que tous ces noirs, venant principalement de Guinée et du Bénin, achetés à des roitelets africains contre des marchandises (étoffes, rubans, chapeaux, sabres et eau de vie) par des négociants d'esclaves, étaient des prisonniers de guerres tribales.

---

[32] - esclaves

Ce négoce avait fait la richesse de nombreux armateurs de Nantes, Bordeaux et La Rochelle.

Ces esclaves faisaient le voyage enchaînés et enfermés à fond de cale les uns sur les autres, pour être, une fois arrivés à destination, revendus aux enchères à des planteurs antillais. La traversée était terrible, ils n'avaient droit qu'à un seul repas journalier, une simple bouillie de maïs. Ils n'étaient remontés par petits groupes sur le tillac pour prendre l'air, qu'à la nuit tombante. Les morts étaient jetés par-dessus bord sans aucune cérémonie, et avec autant de considération que des restes de la cambuse. Mais, comme les esclaves étaient revendus à bon prix, le capitaine faisait en sorte que les décès ne soient pas trop nombreux.

L'approvisionnement réalisé, nous reprenons la mer et deux semaines plus tard, nous passons l'équateur. Pendant trois jours, nous avons eu un temps de curé, une mer très calme, pas un souffle d'air. Toutes voiles larguées, nous avancions à grand-peine, quand enfin, au petit matin du quatrième jour, le vent s'est levé.

Au passage de la ligne, j'ai eu droit à mon baptême, comme c'est la coutume pour tous ceux qui franchissent la ligne pour la première fois. J'ai été barbouillé de restes de nourriture, et plongé dans un baquet d'eau de mer. Après six semaines de navigation, nous doublons le cap de Bonne-Espérance au sud de l'Afrique.

Laissant le canal du Mozambique à bâbord, nous contournons l'île Dauphine (Madagascar) et jetons l'ancre dans une baie, à Fort Dauphin (Taolagnaro). C'est un établissement français au sud-est de l'île Rouge (Madagascar), composé de quelques maisons avec toit de chaume, entourées d'une palissade afin de se protéger des indigènes. Ceux-ci armés de sagaies n'hésitaient pas à attaquer le fort de temps en temps.

Deux navires battant pavillon portugais, une flûte et une frégate étaient au mouillage, à sec de toile. N'étant pas en guerre contre le Portugal, nous n'avions aucune raison de nous en méfier, ni de les aborder.

Nous en profitons pour refaire notre approvisionnement et remettre en état le navire car la voilure et la mâture avaient souffert d'une tempête. En passant le Cap de Bonne-Espérance, des vagues gigantesques avaient balayé le pont pendant deux jours et deux nuits, emmenant avec elles un matelot imprudent. Les gabiers, sous les ordres du maître voilier, ainsi que les charpentiers, s'affairaient à réparer les dégâts. Pendant ce temps, une équipe de matelots sous la protection d'hommes armés de mousquetons, avait pour mission de renouveler notre réserve d'eau potable.

Entrant dans la forêt à la recherche d'une source, nous rencontrons de drôles d'animaux avec une grande queue noir et blanc, ressemblant à des singes et appelés lémuriens. Ils sautaient d'arbre en arbre en nous narguant et nous arrivons à en tuer une douzaine pour notre repas. Des centaines d'oiseaux de toutes couleurs, des verts,(des pigeons), des rouges,(des cardinaux), des jaunes,(des perroquets), criaient, sifflaient, piaillaient, chantaient, au milieu de grands arbres inconnus. Des fleurs aux formes et couleurs inimaginables nous entouraient, nous enivrant de leur parfum. Au retour, nous faisons la récolte de bananes et de noix de coco, et découvrons un étrange arbre avec le feuillage en forme d'éventail (l'arbre du voyageur). Arrivant sur la plage, afin de reprendre la chaloupe, nous faisons la provision d'œufs de tortue enterrés dans le sable.

Une semaine plus tard, les avaries réparées, nous levons les amarres, hissons la grand-voile et la misaine et repartons en direction des Mascareignes. Nous sillonnons l'océan Indien à la chasse aux galions hollandais, les mangeurs de beurre, comme nous les surnommions. Ils revenaient d'Inde, de Ceylan, Sumatra, Java ou de Chine, les cales remplies à ras bord de marchandises. Sucre, poivre, indigo, clous de girofle, thé et bien d'autres richesses comme des diamants, des soieries et de la porcelaine en composaient la cargaison

Nous remontons la côte au vent de la Grande Île (autre nom donné à Madagascar), puis mettons le cap sur l'île Bourbon (la Réunion). De gros poissons avec un long nez pointu, des dauphins, nous suivaient en faisant des sauts hors de l'eau. Un canonnier, ancien baleinier des mers froides de l'Atlantique Nord, en harponna un qu'il remonta sur le pont et donna au maître coq[33].

Au crépuscule du quatrième jour de navigation, sans que l'homme de vigie du haut du mât de misaine n'ait signalé la moindre voile à l'horizon, nous arrivons en vue du sud de l'île Bourbon. Un spectacle de toute beauté s'offrit à nous, l'équipage au grand complet était sur le tillac ou dans la voilure. Les gabiers, les canonniers, le médecin, le maître coq et son aide, le charpentier, les officiers, le capitaine avec sa lorgnette dépliée, tous avaient le regard tourné vers l'île. Un volcan était en éruption. Un gigantesque panache de fumée illuminé par des projections de lave, montait dans le ciel en provoquant un feu d'artifice de couleurs. Des coulées de lave rougeoyantes sortaient de ses entrailles, glissaient lentement le long de son flanc en serpentant, pour disparaître au fond de l'océan dans un panache de vapeur d'eau. La nuit naissante rendait le spectacle féerique et nous étions muets d'admiration devant tant de magnificence.

Contournant l'île par l'ouest, le lendemain, nous jetons l'ancre dans la baie de-Saint-Paul, pour y faire de l'eau et des vivres. En mettant les pieds sur la plage, une plage de

---

[33] - cuisinier dans la marine

sable noir bordée de cocotiers, nous sommes accueillis par deux individus parlant françois[34]. Ils habitaient non loin de là, dans une grotte au pied d'une falaise. Deux colons dont un dénommé Louis Payen, étaient arrivés un an en arrière de fort Dauphin par le vaisseau *Saint-Charles* afin de créer une plantation.

Plusieurs cases aux toits recouverts de feuilles de palmier bordaient un étang d'eau douce, dans lesquelles logeaient une dizaine d'indigènes malgaches qui leur servaient de domestiques. Quelques chèvres et des semences avaient fait le voyage avec eux. Ils vivaient de chasse, de pêche, de fruits, (noix de coco, mangues, bananes) et de légumes de leur potager. Le gibier abondait dans la forêt toute proche. Les dodos, appelés aussi solitaires, sont de grosses volailles blanches à chair succulente avec de petites ailes et une drôle de tête. Elles ne peuvent voler et se laissent facilement attraper. En une heure, nous en avons tué une trentaine. À l'intérieur de la forêt, nous rencontrons un drôle d'oiseau tout bleu, à bec et pieds rouges. Lui non plus ne vole pas, mais court très vite, et donc difficile à capturer. Une sorte de hérisson, le tangue, à longues épines très apprécié pour sa chair, était souvent servi aux repas.

Les réserves d'eau douce et de nourriture refaites, nous embarquons et reprenons le large. Sous une légère brise, nous nous éloignons de la plage, accompagnés par des oiseaux marins au plumage blanc et une longue queue, des pailles en queue. Le voyage se poursuivit sans incident. Nous voguions entre l'île Bourbon, l'île Dauphine et l'île Mauritius, au milieu de dauphins et de baleines, toujours à la recherche de ces maudits Hollandais. Le maître d'équipage nous occupait à briquer le pont et à pêcher, et le soir, nous passions notre temps à jouer aux cartes et aux dés.

---

[34] - ancienne appellation de français

Par le manque d'inaction, il n'était pas rare que des bagarres éclatent entre marins, et les fautifs se retrouvaient à fond de cale.

Nous commencions à désespérer d'en découdre avec les Hollandais, quand enfin après plusieurs jours de navigation, la chance nous sourit au lever du soleil.

Du haut du grand mât, l'homme de hune se mit à hurler.

—Voile à tribord ! Voile à tribord nord-est !

Le navire émergea aussitôt de sa somnolence. Une frénésie s'en empara, tout l'équipage courut vers le pavois tribord et se mit à scruter l'océan. Le capitaine sortit du carré des officiers et de la dunette arrière, pointa sa lorgnette en direction du nord-est.

Effectivement, un navire trois mâts arrivait dans notre direction, c'était un galion battant pavillon hollandais. Il paraissait lourdement chargé et était seul, aucun autre navire ne l'accompagnait. Le capitaine fit hisser le pavillon du royaume de France (bleu à croix blanche). Le galion, un bâtiment marchand armé pour la guerre, reconnaissant le pavillon de France, se mit à virer de cap pour fuir. Il se dirigeait maintenant vers l'île Ronde (Mauritius), une possession hollandaise à quelques milles de là, pour y trouver refuge dans une baie.

Sur l'*Escale*, les ordres fusèrent de tous côtés, les gabiers et les canonniers au grand complet s'affairaient sur le pont et dans la mâture. Dans la coquerie, le maître coq éteignit les feux de cuisine, comme à l'ordinaire lors de tempêtes ou de combats, un incendie à bord d'un navire étant le pire ennemi des marins.

— Sacrebleu ! Il cherche à nous fausser compagnie ce sagouin !

— Branle-bas de combat, double ration de guildive[35] pour tout le monde ! Fermez les écoutilles ! hurla le bosco[36].

Avant le combat, il était de coutume de distribuer une ration de rhum à chaque matelot.

— Déferlez la misaine et le perroquet ! hurla le maître voilier.

— Hissez ho ! crièrent d'une seule voix les matelots en tirant sur les drisses.

— Dégagez les sabords !

— Canonniers et servants ! À vos postes! aboya le maître canonnier.

Toutes voiles larguées, et aidés par une brise qui s'était renforcée, nous nous lançons à la poursuite du galion hollandais qui s'efforçait d'échapper à ses poursuivants. L'*Escale* allait bon train, et semblait glisser sur l'eau, sa proue fendait les vagues tout en projetant des gerbes d'eau de chaque côté de la coque. Nous chassâmes le galion pendant plusieurs heures avec l'intention de lui barrer la route de Mauritius. Ce fut chose faite en milieu de journée quand enfin, il se trouva à portée de canons.

Deux coups de canon furent tirés pour l'inciter à mettre en panne et à se rendre. Pour toute réponse, nous eûmes droit à une bordée, heureusement trop courte, tous les boulets tombèrent à la mer.

L'*Escale* manœuvra afin de se rapprocher du galion et les deux bâtiments se canonnèrent mutuellement. La mitraille et les boulets pleuvaient sur les deux navires, déchirant les voiles. Les balles des mousquets et les éclats de bois firent de nombreux blessés de part et d'autre.Une odeur écœurante de poudre et de sang s'était répandue sur le navire.

---

[35] - rhum
[36] - le maître d'équipage

Des blessés geignaient, d'autres demandaient de l'aide, le chirurgien avait fort à faire, il passait de l'un à l'autre pour panser et recoudre.

Voulant écourter la bataille, le capitaine Jean Bouin donna l'ordre au maître canonnier de faire pointer à démâter, pour rendre le galion non-manœuvrable.

— Canonniers et servants ! Visez au ras du tillac[37] et démâtez-moi ce porc de Hollandais ! hurla le maître canonnier.

Après deux lâchers de boulets dévastateurs de la batterie bâbord, le galion s'immobilisa enfin. La mâture se retrouva en piteux état, les voiles déchiquetées, le mât de misaine couché sur le tillac au milieu des haubans et des drisses. Le grand mât fut coupé à mi-hauteur, seul le mât d'artimon restait debout, les voiles en lambeaux. L'*Escale* manœuvra pour venir bord à bord, puis le capitaine fit jeter les grappins. Une trentaine d'hommes, sabre au clair et pistolet au poing, s'élancèrent en hurlant sur le pont ennemi.

— À l'abordage, pas de quartier pour les mangeurs de beurre!

La bataille fut sanglante et de courte durée, le capitaine hollandais voyant qu'il n'aurait pas le dessus, se rendit et déposa les armes.

Le bilan fut lourd, nous avions dix blessés et perdu trois matelots fauchés par le tir des mousquets ennemis. Sur le galion, on dénombra quinze blessés et six morts. Les morts furent jetés à la mer, ce qui attira de nombreux requins dont nous pouvions voir les ailerons tourner autour des navires.

---

[37] - le pont du navire

Le capitaine ordonna le transbordement du contenu des cales du galion. Soieries, porcelaine, barils de sucre de canne, d'indigo, de poivre, de thé, se retrouvèrent dans le ventre de l'*Escale* en un rien de temps.

Une barrique pleine de doublons en or fut même découverte dans la cabine du capitaine.

Puis il fallut remettre en état les navires. Avec l'aide des prisonniers valides, charpentiers et gabiers se mirent à l'ouvrage pour remplacer la voilure, réparer provisoirement les haubans et consolider les mâts. Le lendemain, sous voile réduite, tout en remorquant notre prise, nous prenions la direction de l'île Sainte-Marie, le repaire de tous les pirates de l'océan Indien, près de la Grande Île, pour réparer les avaries causées par le combat.

Le Boiteux arrêta là son récit et ralluma sa pipe qu'il tenait dans sa main droite.

— Les enfants, il se fait tard et je suis fatigué. Maintenant, il faut regagner vos pénates, je vous conterai la suite un autre jour.

IV

Ce matin-là, jour du solstice d'été de l'an 1698, Étienne d'Eugène, l'enfant trouvé sur le parvis de la cathédrale et adopté par Eugène Charion, dit Eugène Le Fort, falotier et rémouleur dans sa bonne ville de Bourges, se trouvait bien seul sur les routes du royaume de France. Son bâton à la main, un baluchon sur l'épaule et sa besace en bandoulière, il marchait en direction de La Rochelle. Il avait pris la décision, il y a plusieurs jours maintenant, de partir afin de s'embarquer sur un vaisseau en partance pour le Nouveau Monde.

Les années passées avaient été terribles, de mémoire de barbons[38], on n'avait jamais vu cela. Une famine avait sévi

---

[38] - personnes âgées

dans tout le royaume, et la grande faucheuse avait emporté de nombreux sujets de notre bon roi Louis XIV.

Depuis déjà plusieurs semaines, Étienne n'était plus le même, il était devenu taciturne, riait peu, semblait préoccupé. Il évitait son frère Jules et ne se confiait plus guère à sa sœur Justine. Flavien le grand frère, quant à lui, avait déjà quitté la maison familiale, ayant pris femme il y a un an passé. Il s'était marié avec une dénommée Marguerite, amie d'enfance de Justine, la fille aînée du fournier Baudet de la rue des Armuriers. Une gentille fille maigrichonne et timide, avec de longues boucles dorées et un sourire ravageur, qui habitait à deux pâtés de maison de chez le Boiteux. Elle avait su y faire avec ses beaux yeux de donzelle pour mettre le grappin sur le Flavien.

Ils logeaient chez les parents de la mariée. Marguerite s'employait aux tâches ménagères avec sa mère, elles n'étaient pas trop de deux pour s'occuper de ses six jeunes frères et sœurs, qui avaient survécu comme par miracle à la grande famine de 1693 et 1694. Lui, aidait son beau-père à cuire les boules de pain, il fallait aller chercher du bois dans la campagne, le ramener en fagots sur le dos puis le couper en morceaux pour alimenter le four.

Eugène et Blanche se faisaient du mouron pour Étienne, ce n'était pas dans son habitude d'être morose et de broyer du noir. Ils se sentaient un peu coupables de son changement de comportement.

Il y a cinq mois de cela, à la mi-janvier, le jour de l'anniversaire de la découverte du nourrisson, Eugène et Blanche révélèrent à Étienne la vérité sur sa naissance. Ils lui annoncèrent qu'il n'était pas le frère de Justine, ni celui de Jules et Flavien, mais un enfant abandonné. Il avait été recueilli par Eugène sur le parvis de la cathédrale, un soir d'hiver, il y a 18 ans, mais qu'ils l'avaient toujours considéré et aimé comme leur propre enfant. Nul ne doute, que ce ne sont pas les révélations de ses parents qui affectaient son humeur, il ne leur en voulait pas et leur en était plutôt reconnaissant de lui avoir dit la vérité sur sa naissance. C'était plutôt le choix qu'il devait faire, qui le tracassait, l'envie folle de partir à la découverte du Nouveau Monde, et dans ce cas, il faudrait abandonner sa Justine, ce qui lui infligerait une grande peine. Après plusieurs jours de réflexion, il prit enfin une décision, celle de partir. Il alla plusieurs fois rendre visite au Boiteux, rue des Armuriers, à qui il avait fait part de son projet de voyage pour le Nouveau Monde.

Le Boiteux avait bien essayé de l'en dissuader, mais rien n'y fit. Il eut beau lui énumérer tous les dangers qu'il courrait, la longue traversée avec les risques de tempêtes et de naufrage, et celui de rencontrer des pirates dans les Caraïbes. Une fois sur place, il aurait à subir les attaques des sauvages et de ses maudits godons[39,] l'ennemi héréditaire qui cherchent par tous les moyens à s'accaparer les terres des sauvages. Têtu comme une mule, il n'en démordit pas, il partirait cet été.

Voyant que rien ne le ferait changer d'avis, le Boiteux lui prodigua de nombreux conseils pour son voyage. Il serait bien parti avec lui jusqu'à La Rochelle pour le guider et le protéger, mais, il se faisait vieux et depuis quelque temps, ses anciennes blessures le faisaient affreusement souffrir. Il ne sortait plus guère de chez lui, et ne descendait que très rarement au bord de l'Auron.

— Sacrebleu ! Une vraie tête de mule, puisque tu es toujours décidé à partir, ouvres grand tes oreilles.

Après trois ou quatre secondes de silence, il reprit.

— Les routes sont devenues peu sûres et les dangers nombreux, méfies-toi de tout et de tout le monde, il vaut

---

[39] - Anglais

mieux faire le Jacques que de chercher noise à quelqu'un. Méfies-toi surtout des flagorneurs qui chercheront à te nuire, des malfaisants, des malandrins, ces bandits de grands chemins, qui en voudront aussi bien à ta vie qu'à ta bourse, des argousins[40], qui voudront t'enrôler de force dans la marine royale, et des ribaudes[41] plus intéressées par tes écus que par tes beaux yeux.

Pour arriver à La Rochelle, il te faudra marcher pendant au moins deux semaines, plus de quatre-vingt lieues à faire à travers forêts et campagne. Tu devras aussi traverser de grands bourgs comme Châteauroux, Poitiers, Niort.

Une fois sur place, tu iras voir P'tit Jean, un ancien gabier de la flibuste, qui s'est évadé de la prison de Londres avec moi, tu lui diras que tu viens de ma part. Il ne refusera pas de t'aider, nous sommes partis de nombreuses fois en bordée ensemble.

Je lui ai même sauvé la vie à Saint-Domingue, la fois qu'il avait eu maille à partir avec trois boucaniers de l'île de la Tortue. Bougre, je m'en souviens comme si c'était hier. Nous avions mouillé dans la rade de Basse-Terre, face aux ruines du Fort de la Roche, bien à l'abri d'un coup de mer, pour réparer les avaries causées par un cyclone aux abords de Cuba.

Cela fait des lustres que j'l'ai point vu, mais s'il est encore de ce monde, ben dame, c'est sûr, il s'occupera bien de toi. Il connaît tous les capitaines et maîtres d'équipage de Brest à Bordeaux. Il ne peinera pas à te faire embarquer sur un navire en partance pour le Nouveau Monde. Tu le trouveras facilement, il est devenu cabaretier, c'est le patron du *Chat Borgne*, un cabaret dans une rue derrière le Gros Horloge[42].

---

[40] - agents de police
[41] - filles de joie
[42] - au XVIIe siècle, horloge était au masculin

— Quand comptes-tu partir ?

— Pour la mi-juin, répondit Étienne.

— Dans c'cas petit, on ne se reverra plus, je suis vieux et n'ai plus beaucoup d'années devant moi à vivre, mais surtout, souviens-toi toujours de tout ce que je t'ai dit.

— Je te souhaite bon vent et que Dieu te garde.

Ayant dévoilé à ses parents, son intention de partir, Eugène et Blanche se mirent à en vouloir au Boiteux, c'est lui qui depuis des années lui avait mis toutes ses histoires de pirateries dans la tête.

— C'est'y pas Dieu possible, ce vieux radoteux nous l'a ensorcelé avec ses histoires de voyages et de pirates! n'arrêtait pas de répéter la Blanche.

La veille de son départ, le repas du soir avait été bien triste. L'Eugène mangeait sa soupe sans mot dire, et la Blanche était aux petits soins pour Étienne, sachant qu'elle ne le reverrait peut-être plus. Quant à Justine et son frère ils essayaient de faire bonne mine.

La nuit avait été interminable, ne trouvant pas le sommeil il se remémorait toutes les recommandations faites par le Boiteux. Le lendemain matin fut le moment tant redouté des adieux. Il alla d'abord dire au revoir à la grand-mère, Marie la pieuse qui, depuis quelque temps, sentant ses forces l'abandonner, restait le plus souvent alitée.

— C'est ben la dernière foué que j'te vois mon p'tit, l'Bon Dieu va bentôt me rappeler à lui ! disait-elle tout en lui glissant quelques écus dans la main. Des écus prélevés sur les maigres économies de toute une vie de labeur, qu'elle cachait dans une bourse sous sa paillasse. Ensuite, elle prit son chapelet qu'elle avait toujours à portée de main et tout en l'égrenant, récita inlassablement l'Ave Maria.

Puis ce fut le tour du père qui le serra dans ses bras.

— Prend bien soin de toi petit.

Il bigea son frère Jules puis vint le tour de sa mère qui peinait à retenir ses larmes.

— Je prierai pour toi tous les jours et j'allumerai un cierge pour que Saint- Étienne te protège.

Justine, quant à elle, avait tenu à l'accompagner jusqu'à la sortie de la ville. Le jour se levait à peine, ils marchaient dans la fraîcheur matinale, main dans la main comme à l'accoutumée. Un long et profond silence les accompagnait, qu'aucun deux n'osaient briser. Arrivés au bord de l'Auron, Étienne posa sa besace et son baluchon au sol puis entoura sa Justine de ses bras, l'embrassant tendrement plusieurs fois. Il l'embrassa comme jamais encore il ne l'avait embrassée. Un frisson de plaisir parcouru son corps de la tête aux pieds, sensation qu'il n'avait en aucun temps ressenti auparavant. Blottie dans ses bras, elle se mit à trembler, des larmes de chagrin et d'amour qu'elle ne pouvait retenir, s'écoulèrent doucement le long de ses joues.

— Ne sois pas triste ma Justine, ne pleure pas, je reviendrai, je te le promets, je le jure devant Dieu et Saint-Étienne.

Il s'écarta doucement d'elle, lui fit un bécot[43] sur la bouche, le même bécot qu'il lui faisait alors qu'ils étaient enfants, reprit sa besace, son baluchon et s'éloigna. Traversant le pont de pierre qui enjambe l'Auron, il emprunta le chemin d'Ysouldun (Issoudun), en direction de Saint-Fleurant (Saint-Florent sur Cher).

---

[43] - un baiser

Longtemps, il sentit dans son dos la présence de son regard posé sur lui, mais il ne se retourna pas sachant très bien que s'il le faisait, il ferait demi-tour pour accourir vers elle. Pourtant, il en avait gros sur le cœur de laisser sa Justine sur le bord du chemin, mais il n'avait pas le choix, il ne pouvait l'emmener, c'était trop dangereux.

Lui, l'enfant de rien, l'enfant de personne, l'enfant abandonné, irait au Nouveau Monde, il se l'était juré. Et là-bas, il aura une terre à lui, puisque parait-il, le bon roi de France donnait quelques arpents de terre à ceux qui voulaient bien faire le voyage, pour peupler la colonie. Mais, ce qui était sûr aussi, c'est qu'il reviendrait dans un an ou deux ou peut- être plus, chercher celle qu'il aimait, sa Justine, sa promise.

Elle le laissa partir, puisque c'était sa volonté, sachant très bien que ce n'était point la peine de revenir là-dessus, et qu'elle ne pourrait le retenir. Son regard suivit Étienne jusqu'à ce qu'il disparaisse de sa vue.

Soudain, elle se sentit vidée, anéantie, et se laissa tomber sur une borne en pierre. De chaudes larmes s'échappèrent de ses jolis yeux pour se répandre sur ses taches de rousseur. Elle prit sa tête dans ses mains, et se mit à pleurer toutes les larmes de son corps.

De longues minutes plus tard, elle redressa la tête, essuya ses yeux avec un coin de sa chemise, rajusta ses cheveux sous son fichu, et se releva lentement. D'un pas mal assuré, chancelante, le visage décomposé, blanc comme un linceul et les yeux rougis par les pleurs, elle passa sous la porte d'Auron, et prit la direction de la rue du Guichet. Les personnes qu'elle croisait et qui la reconnaissaient, se retournaient sur son passage en la voyant si triste, se demandant quel chagrin pouvait-elle avoir, pour être si affligée.

Arrivée devant la cathédrale, elle y entra, se signa et s'agenouillant sur un prie-Dieu. elle pria longuement la Sainte Vierge avant de se diriger vers la rue du Guichet.

C'était un matin de juin ordinaire, un matin de début d'été, le soleil pointait son nez à l'horizon et la journée s'annonçait belle. Des quatre coins cardinaux, des coqs lançaient leurs joyeux cocoricos pour saluer ce jour nouveau. Un âne poussa un braiement, la campagne berrichonne se réveillait doucement. Une légère brume de chaleur planait au-dessus des pâturages. Au passage d'Étienne, un héron, avec fierté et méfiance, dressa la tête au-dessus de l'épaisse couche de ouate que recouvrait le lit de la rivière.

Ce chemin lui était familier, car il l'avait déjà emprunté plusieurs fois par le passé pour rendre visite à ses cousins de La Motte près de Charot. Un hameau d'une dizaine de feux, et c'est d'ailleurs là qu'il avait prévu de faire sa première halte.

Le chemin d'Ysouldun était bordé d'arbres et , à cette saison, les bas-côtés parsemés de fleurs. Mais Étienne n'avait pas le temps d'admirer la nature, il avait huit lieues à parcourir et s'il voulait arriver avant la nuit, il ne devait pas musarder.

Passant non loin de Pisse-Vieille, puis, traversant le hameau du Solier, il décida de s'arrêter près de Saint-Fleurant pour manger un morceau. Pisse-Vieille, un drôle de nom pour un lieu-dit, cela lui rappelait les fois où il était passé par ici avec Justine. Pisse la Vieille qu'ils disaient, et c'était des fous rires à n'en plus finir, mais aujourd'hui, il n'avait pas le cœur à rire.

Le soleil était au zénith, quand il fit une pause au bord du chemin à l'ombre d'une bouchure[44]. Tout content de poser sa besace et son baluchon qui commençaient à lui peser sur les épaules, bien que le baluchon ne soit rempli que de hardes et la besace d'une miche de pain, d'un fromage et d'un morceau de lard.

Après une collation faite d'un morceau de fromage sur une tranche de pain et d'un peu d'eau, il se remit en route.

Arrivant à Saint-Fleurant, il fit une halte au port Lanoue pour contempler le va-et-vient des pirogues en bois qui transportaient toutes sortes de marchandises. De nombreux troncs d'arbres de chêne venant de la forêt de Tronçais flottaient sur la rivière, en attente de la formation d'un train de bois. Plus tard, celui-ci prendrait la direction de Nantes par la Loire, ce bois servant à la fabrication de tonneaux. Il resta là un long moment, admiratif, à regarder les flotteurs rassemblant les troncs d'arbres avec leur gaffe. Il aimait cet endroit où, avec Justine, ils s'inventaient des voyages.

Enjambant les deux bras de la rivière Cher sur des ponts de pierre, il reprit son chemin vers La Motte. Plusieurs heures plus tard, le soleil commençant à décliner, il aperçut, perchées sur un éperon rocheux, les murailles et les tours du château de Charot, illuminées par le coucher du soleil. Il était bientôt arrivé chez les cousins Leloup, bifurquant à droite et une demi-lieue plus tard, il arriva enfin à destination.

Les cousins d'Eugène Le Fort étaient de petites gens, des besogneux, mais ils avaient le cœur sur la main. À leur grand désespoir, ils n'avaient jamais eu d'enfant et accueillirent Étienne à bras ouverts. Ils l'avaient toujours apprécié et le considéraient comme un membre de la famille. Lui était ouvrier chez un maréchal-ferrant à l'entrée du

---

[44] - haie

bourg de Charot, et sa femme servante dans une taverne. Tôt le matin et par tous les temps, ils parcouraient deux lieues à pied pour aller travailler.

Pour l'occasion, ils avaient tué la plus grosse volaille de leur poulailler et cueilli des haricots du courtil[45]. Un petit lopin de terre d'une verge[46] côtoyant leur maison, et qui suffisait amplement à les nourrir, car la terre y était généreuse. Pendant tout le repas du soir, ils le questionnèrent sur son voyage, et lui posèrent mille et une questions.

— Quel navire vas-tu prendre ?
— Combien de temps va durer le voyage ?
— C'est'y ben vrai qu'y a des sauvages où tu vas ? Y paraît même qu'ils sont tout noirs, se promènent nus et mangent de la chair humaine.

En entendant ces paroles, la cousine fit le signe de croix et murmura une prière.

— C'est'y pas Dieu possible ! dit-elle.

À c't'heure, il ne pouvait répondre, n'ayant pas de réponse à leur donner, car il partait à l'aventure, ne sachant même pas s'il allait trouver un navire en partance pour les Amériques. Après avoir mangé tout son saoul, il but à la fin du dîner un coup de raide que le cousin servit généreusement dans un gobelet. C'était une gnôle de fabrication maison qui lui arracha la gorge et lui provoqua une quinte de toux, ce qui fit éclater de rire les Leloup.

— Ben mon gars, c'est'y quelle est pas bonne ma goutte ? demanda le cousin d'une voix moqueuse.

---

[45] - jardin clos
[46] - équivaut à ¼ d'arpent

Étienne rompu de fatigue, alla s'étendre sur une paillasse dans un coin de la cuisine pour s'endormir aussitôt.

Le lendemain matin, il avala une soupe claire avec un morceau de lard et du pain, et fit ses adieux aux cousins Leloup. Avant de reprendre la route, il leur fit la promesse, que quand il reviendrait, il s'arrêterait de nouveau chez eux.

Se retrouvant de nouveau sur le chemin de Châteauroux, il marchait d'un pas léger, finie la morosité d'hier, ce passage chez les Leloup lui avait remonté le moral.

La journée s'annonçait belle, pas un nuage n'encombrait le ciel, un oiseau caché dans une bouchure chantait sa joie de vivre, un autre un peu plus loin lui donnait la réplique.

— Chante l'oiseau, chante, toi qui es libre comme l'air ! lui cria-t-il, puis il se mit à siffler tout en essayant d'imiter le chant du volatile.

Quelques sabotées plus loin, il se trouva au pied des murailles de Charot, et traversa la rivière Arnon. À la mi-journée, il aperçut la tour Blanche d'Ysouldun, et, le soir arrivant, il fit étape dans un hameau nommé Monterchiaume.

Apercevant au loin un guéredaud l'échine courbée, fauchant du foin dans un champ, il s'en approcha, et lui demanda l'hospitalité pour la nuit. Ce brave homme, voyant qu'il n'avait affaire ni à un malfaisant ni à un galvaudeux, lui permit de dormir dans son étable. N'étant pas du tout ch'tit[47], il l'invita même à la table familiale pour partager le repas du soir. Tôt le matin, il fut réveillé par les beuglements de la vache et le bêlement de chieuves de couleur brune avec qui il avait partagé la litière. Un des chevreaux, intrigué, se demandant sûrement ce qu'il pouvait bien faire là allongé dans la paille, lui lécha le visage tout en lui bêlant dans les oreilles.

---

[47] - avare-mauvais

— Holà ! Point la peine de me débarbouiller ! cria-t-il en repoussant doucement la tête de l'animal de ses deux mains.

Prestement, il se mit sur pied, mais avant de repartir, il alla dans la cour remercier son hôte, qui jetait à la volée des poignées de grain de blé en direction de ses volailles.

Quelques lieues plus loin, en approchant de Châteauroux, il traversa Bourg-Dieu et croisa de nombreux charrois transportant des marchandises. Au pied de la cité de Châteauroux, la vie était très animée, des cordeliers avaient pris possession des rives de la rivière l'Indre. Dans leurs ateliers, on y foulait des peaux, de la laine et du chanvre, et dans d'autres, on y fabriquait du savon.

Quittant Châteauroux, il prit la direction de Poitiers. Ses pas le portèrent dans une forêt de chênes et de charmes, dont il n'en voyait pas la fin. Puis il traversa une terre abreuvée d'eau, lieu de prédilection des menneux de loups, des birettes et autres jeteux de sorts. Des marécages et des étangs à perte de vue, abritaient, dans les roselières, une multitude d'oiseaux. Des bécassines, des cols verts qui à son passage, s'envolaient lourdement au ras de l'eau en battant des ailes. Des martins-pêcheurs plongeant dans l'eau et en ressortaient avec un poisson dans le bec. Un cormoran, perché sur le tronc d'un arbre mort, séchait au soleil ses ailes déployées. Des hérons cendrés immobiles guettant l'ablette ou l'épinoche imprudente, tous étaient à la recherche de petits poissons ou d'insectes pour leur nourriture. Pour le ravissement des yeux, des nénuphars blancs flottaient sur les plans d'eau, l'iris jaune et la salicaire rouge violacée en tapissaient les berges. Une nuée de moustiques voraces s'abattit sur lui, s'acharnant à le piquer au visage et aux mains. Une fois arrivé dans le bourg du Blanc, faute de pont, il dut franchir la rivière la Creuse sur une barque traversière.

Alors que le soleil glissait doucement sur l'horizon, il se mit en quête d'un endroit pour passer la nuit. Arrivant à la croisée de chemins, il distingua au loin, un clocher et plusieurs maisons, il en prit la direction en espérant y trouver un toit et un peu de paille pour dormir.

Quelques chaumières, masures aux murs de torchis et au toit recouvert de chaume, encadraient une église minuscule. Un cimetière, entouré d'un muret de pierre embroussaillé par une vigne vierge, cernait quelques croix penchées. Un buisson de buis à l'odeur prenante, et un banc en bois dont la vétusté n'aurait pas permis d'y poser son arrière-train, complétaient le tableau.

Dans un pré, des couâles[48], se délectant d'une charogne, le narguaient à son passage. Leurs croassements et leur attitude menaçante montraient que les étrangers n'étaient pas les bienvenus. Deux pies désirant également participer au festin, s'approchaient timidement en sautillant, mais elles étaient aussitôt refoulées sans ménagement par les charognards.

Le hameau semblait à l'abandon, les champs n'étaient plus travaillés depuis belle lurette. Les mauvaises herbes avaient remplacé le blé et la luzerne. Les orties et les ronces avaient envahi les courtils, et dans l'un d'eux, un épouvantail déguenillé, ne faisait plus peur à personne. Les arbres fruitiers étaient recouverts de lierre et de gui, et à la sortie du hameau, émergeait d'une broussaille les restes calcinés d'une chaumière. La misère était omniprésente, le lieu sinistre, mortel.

Quel grand malheur avait pu frapper ce village ? Pensa-t-il, après en avoir fait le tour.

Il y avait quelque chose d'étrange et de mystérieux en ce lieu, aucun chant d'oiseau, ni bruit d'insectes, un silence lourd, pesant, inquiétant même, en avait pris possession.

---

[48] - corbeaux

Étienne pressa le pas, il avait hâte de retrouver le chemin de Poitiers et de s'éloigner au plus vite de ce village fantôme et de son atmosphère lugubre.

Ce jour-là, le soleil venait à peine de disparaître derrière une chênaie, qu'il trouva en bordure de ruisseau, un bosquet de coudriers pour y passer la nuit. C'était la première fois depuis son départ de Bourges, qu'il dormirait à la belle étoile. Le ciel était magnifique, la lune pleine, dont on devinait le relief, se détachait du fond bleu noir de la nuit, tout en éclairant la campagne comme en plein jour. Des milliers d'étoiles scintillaient, toutes plus belles les unes que les autres, d'autres filantes, n'apparaissaient que le temps d'un regard, pour s'évanouir à tout jamais. Mais Étienne ne se souciait guère du spectacle qui lui était offert, recroquevillé sur sa besace, le baluchon sous la tête, il était tombé comme une masse de plomb, après avoir grignoté un quignon de pain avec un bout de lard. Même le tintamarre causé par les coassements des crapauds et des rainettes ne l'empêchèrent pas de dormir comme un sabot.

La nuit fut bonne et réparatrice des fatigues de la veille, le soleil pointait déjà son nez au-dessus de l'horizon quand il émergea de son sommeil. Dans le calme du matin, il se dirigea vers le ruisseau pour faire un brin de toilette et remplir sa gourde. La fraîcheur de l'eau lui donna la chair de poule.

Surpris par son arrivée, un faon et sa mère se désaltérant non loin de là, levèrent la tête en le regardant, puis détalèrent en faisant de grands sauts, avant de disparaître dans un taillis tout proche.

Regardant couler l'eau du ruisseau, il se mit à penser à sa Justine et aux moments qu'ils avaient passés ensemble sur le bord de l'Auron avec le Boiteux. Il se souvenait très bien de leur première rencontre, quand le Boiteux leur avait appris à fabriquer un bateau avec un morceau de bois, une brindille et une feuille, il y a déjà des lustres de cela.

— Arrête de rêvasser, il faut y aller maintenant ! dit-il en parlant tout haut.

Vers la fin de cette journée, de gros nuages menaçants s'accumulèrent à l'horizon. Des roulements de tonnerre devinrent de plus en plus audibles, ce qui ne présageait rien de bon. Étienne pressa le pas, il lui fallait trouver un abri au plus vite. Une lieue plus tard, l'orage éclata au-dessus de sa tête. Le ciel s'assombrit brusquement, et le vent se leva en rafales créant des tourbillons de feuilles mortes et de poussière. Des éclairs sillonnaient le ciel dans tous les sens, les coups de tonnerre claquaient les uns après les autres, dans un bruit assourdissant, quand soudain, les nuages s'ouvrirent au-dessus de lui, et il se mit à tomber des hallebardes. En un rien de temps, il se retrouva trempé comme une soupe, pataugeant dans l'eau qui recouvrait le chemin.

Apercevant à travers un rideau de pluie battante une habitation, il s'y dirigea rapidement. Crotté jusqu'aux genoux et tout dégoulinant d'eau, il frappa à l'huis avec le bout de son bâton.

Un homme d'un pas pesant vint ouvrir. C'était un guéredaud usé par des années de travail dans les champs, le visage buriné, façonné par la froidure de l'hiver et le soleil cuisant de l'été. Il ne devait pas avoir plus de quarante ans, mais il en paraissait bien septante.

Avant de pouvoir dire un mot, celui-ci le fit entrer sans plus attendre.

— Vain dieu ! Viens donc t'mettre à l'abri, il fait un temps à n'pas mettre un chien dehors. Cheu nous, on ne laisse point les gens d'hors par un temps pareil.

Éclairé par la clarté de l'âtre, Étienne distingua une grande table en bois et deux bancs, sur lesquels quatre enfants en bas âge étaient assis devant une écuelle de soupe fumante. Tout étonnés de voir un étranger à cette heure-ci, les bambins lui lançaient des regards furtifs. Debout près de la cheminée, se tenait la femme du guéredaud, une femme entre deux âges, sèche comme un coup de trique, portant un bonnet de dentelle. Elle remuait avec une grande cuillère de bois une marmitée de soupe aux choux dont les effluves embaumaient la misérable chaumière. Profitant de la chaleur de la cheminée, un chat rouquin dormait sur une guenille posée à même le sol de terre battue. À la vue d'Étienne, il daigna se mettre sur ses pattes, bailla en s'étirant puis replongea dans ses rêves de chat heureux en ronronnant.

Une fois l'huis refermé, l'homme interpella la maîtresse de maison d'une voix autoritaire.

— La Germaine, ravive le feu et rajoute une écuelle et un gobelet. Ce souèr, nous avons un invité !

La femme fouillagea[49] la braise avec une brindille, et posa deux rondins de bois sur les flammes ravivées. Les yeux baissés, elle remit un couvert sur la table et apporta une cruche d'eau, avant de retourner dans le coin de la cheminée. S'asseyant sur un vieux tabouret à trois pieds, elle se mit à trier des pissenlits tirés d'un panier en osier.

— D'où viens-tu donc ? demanda l'homme entre deux cuillerées de soupe.

— Je viens de Bourges, répondit Étienne.

— Ah ! Un Berrichon, dit-il.

Puis une cuillerée plus tard.

— Et à c't'heure, où qu'tu vas ? demanda-t-il sans lever le nez de son écuelle.

— J'vas à La Rochelle.

---

[49] - remua

— C'est ben un long voyage pour un jeunot comme toué ? répondit le guérédaud. D'nos jours, il n'est pas ben prudent de voyager seul sur nos routes, répondit-il tout en continuant de manger sa soupe.

L'homme n'étant ni causant et ni curieux pour deux sous, la conversation se termina là. Le repas se déroula en silence, si ce n'est les ronronnements du chat, les crépitements du feu et la déglutition bruyante de l'homme à chaque cuillerée de soupe avalée. Le souper fini, il lui indiqua la grange où il devait passer la nuit, puis tout le monde alla se coucher. Étienne s'allongea dans le foin fraîchement ramassé, et s'endormit comme un portefaix ayant accompli une dure et longue journée de labeur.

Le lendemain matin, l'homme vint le réveiller. C'était un matineux, un lève-tôt. Il faisait à peine jour et le coq venait tout juste de lancer son cocorico. Le ciel était clair, sans un nuage, et encore parsemé de quelques étoiles. Une clarté grandissante sur l'horizon, annonçait le lever du soleil, oublié l'orage de la veille. Après avoir mangé la soupe du matin, il lui demanda s'il voulait bien rester plusieurs jours pour l'aider aux travaux des champs, en contrepartie du gîte et du couvert.

Étienne réfléchit un moment, puis accepta, il n'était pas à une semaine près. L'accord fut conclu par une franche poignée de main et un coup de gnôle.

Pendant plusieurs longues journées, il retourna le foin afin qu'il sèche, et en fit des meules. Puis, pendant que l'homme coupait le blé à l'aide d'une faucille, Étienne confectionnait des gerbes que la femme transportait sur le dos jusqu'à la grange. C'était un travail harassant, qu'il n'avait pas l'habitude de faire, et ses mains couvertes d'ampoules s'en souviendront un bon moment.

Le travail des paysans était dur. Ils se levaient à la naissance du jour, et finissaient la journée tard après l'Angélus du soir. À l'automne, il fallait couper et rentrer le bois pour la cheminée. L'hiver venu, épandre dans les champs le fumier qui était transporté à dos d'homme dans une hotte. Ensuite, l'étaler avec une fourche en bois, labourer avec l'araire tiré par un bœuf, ou un cheval et enfin, semer les graines à la volée. A partir du mois de juin, couper et ramasser le foin, faire la moisson des céréales avec une faucille, puis dépiquer les gerbes à grands coups de fléau. La moisson faite, les femmes et les enfants glanaient dans les champs les épis de blé ou d'orge tombés au sol, qui serviront plus tard, à nourrir les volailles.

Au lever du soleil du sixième jour, il reprit la direction de La Rochelle. Les premiers rayons caressaient amoureusement la campagne tout en chassant doucement une brume matinale. Il se sentait bien, sa besace était remplie de victuailles que le guérédaud lui avait généreusement données. Il marchait d'un pas alerte, tout heureux d'être de nouveau sur la route. Une route bordée de rosiers des chiens dont les fleurs dégageaient une odeur de pomme fraîche, alternaient avec les chèvrefeuilles au parfum subtil, enlaçant les arbustes des bouchures.

Le trajet se déroula sans incident jusqu'au lendemain où, traversant une interminable forêt de chênes, la forêt de Mareuil, des cris de femme et des pleurs d'enfants attirèrent son attention. Se demandant pourquoi cette femme hurlait de la sorte, il pressa le pas. Apercevant au loin au milieu du chemin un chariot immobilisé, il se mit à courir, pensant à un accident. À quelque sabotées du chariot, il discerna trois vilains tabassant un homme à terre. Près du chariot se tenait une femme criant avec un marmot dans les bras, et un autre terrorisé, qui s'accrochait désespérément à sa blouse en pleurant. Ne réfléchissant pas, il jeta son baluchon et sa besace sur le bas-côté, ne gardant que son bâton avec lui, il se précipita au secours de l'homme.

— Haro ! Haro ! Bande de lâches ! hurla-t-il, vous frappez un homme au sol !

Un des marauds se retourna en entendant arriver Étienne, mais n'eut pas le temps de faire un geste, un coup de bâton l'envoya mordre la poussière. Avec le temps, Étienne avait acquis une certaine dextérité dans le maniement du bâton, ce qui le rendait redoutable dans les bagarres.

Les deux autres marauds voyant leur compagnon à terre, laissèrent leur victime gémissante, et se ruèrent sur lui. Bien mal leur en prit, une volée de coups de bâton s'abattit sur eux. L'un deux, aux yeux globuleux et à la mâchoire édentée, s'écroula en se tenant le ventre, l'autre essaya tant bien que mal de se défendre, un coup bien placé lui fit lâcher le gourdin qu'il tenait. Le combat fut de courte durée, voyant qu'ils n'auraient pas le dessus, les trois vilains détalèrent sans demander leur reste.

— Ah ! Brigandeaux, mécréants ! s'écria Étienne, vous fuyez, que le diable vous emporte !

S'approchant de l'homme au sol, il l'aida à se relever, et le fit asseoir le dos contre un arbre. Ses blessures n'étaient pas bien graves, une coupure sur le dessus du crâne qui saignait, et quelques contusions. Sa femme lui nettoya la plaie avec un chiffon mouillé et pour le revigorer, lui donna un coup de gnôle qu'elle alla chercher au fond du chariot.

Doucement, l'homme reprit ses esprits, et une fois remis sur pied, les deux marmots se jetèrent dans ses bras.

— Violaine ! Adelphe ! Laissez votre père tranquille, vous allez me l'étouffer, s'écria la mère.

— Vain dieu ! Quelle dégelée ! Merci pour ton aide jeune homme, c'est le Bon Dieu qui t'envoie. Sans toué, ces vilains nous auraient dépouillés du peu de biens que nous avons, dit l'homme.

— Je m'appelle Boidin, Adrien Boidin, et v'là ma femme Hortense et nos deux enfants, Violaine et Adelphe. Nous venons de Dun Le Palleteau du pays creusois, c'est la famine qui nous en a chassés. Nous avons tout perdu après deux années de sécheresse, tout ce qui nous reste est dans ce chariot tiré par notre dernière vache. Nous allons à La Rochelle, on nous a dit qu'il y avait des navires en partance pour le Nouveau Monde, et que, une foué là-bas, nous aurions une terre à nous que nous pourrons cultiver. Il parait que la terre est fertile et que tout y pousse facilement.

Ils quittaient sans regret, cette terre de misère, cette terre ingrate qui ne pouvait et ne voulait plus les nourrir, et ils avaient dans l'espoir de retrouver ailleurs, une terre nourricière et une vie meilleure. Peste, choléra, variole et famine avait décimé leur famille, ils ne laissaient au pays qu'un parent podagre qui n'avait pas voulu les suivre et que des voisins bienveillants avaient accueilli dans leur chaumière.

— Et toué, d'où c'est t'y que tu vins comme ça ?

— Étienne d'Eugène, fils du falotier de Bourges, moi aussi, j'vas à La Rochelle pour embarquer sur un navire en partance pour les Amériques, dit-il en lui serrant la main, nous pourrions faire le chemin ensemble?

— Ben dame ! C'est pas de refus, t'as qu'à mettre ton baluchon dans la charrette.

Adrien Boidin était un brave homme de forte corpulence, aux mains calleuses, des mains de gens de la terre, sa femme

Hortense était du même gabarit, des gens simples, des besogneux, pas encore usés par de durs labeurs et qui n'ont pas peur de se lever tôt pour aller aux champs.

De suite, Étienne comprit qu'il sympathiserait avec les Boidin, il ramassa donc sa musette et son baluchon qu'il jeta dans la charrette. Après avoir fait paître la vache, les deux marmots et la femme montèrent à l'intérieur du chariot qui se remit doucement en branle, en grinçant de toute part.

— Hue ! Dia ! dit Adrien en tirant la vache avec une corde. J'avançons point vite, mais j'compte ben arriver à La Rochelle avant deux semaines.

La charrette était un chariot à quatre roues avec ridelles. Une vieille bâche rafistolée tendue au-dessus et soutenue par plusieurs arceaux de bois, servait de protection contre la pluie et le soleil. À l'intérieur étaient entassés divers ustensiles de cuisine , marmite, chaudron, écuelles, gobelets, cruche, seau en bois que côtoyaient des baluchons de hardes. Deux sacs en toile de semence d'avoine et de blé, avaient été mis précieusement au milieu de la charrette. Quelques outils, faucille, fourche, serpe, fléau, houe, ainsi que deux cages avec trois poules et un coq, étaient posés sur des ballots de paille qu'ils utilisaient comme paillasse pour dormir.

En fin de journée, ils s'arrêtèrent aux abords de Chauvigny, un hameau près de Poitiers. Par prudence, et par peur d'être dévalisés, la charrette faisait toujours halte près d'une ville ou d'un village. Les hommes allumaient un feu, pendant qu'Hortense préparait la soupe et que les enfants s'amusaient.

La vache était dételée, et attachée à un arbre, elle pouvait brouter tout son saoul l'herbe des bas-côtés du chemin. Matin et soir, Hortense s'occupait de la traite de la vache, son lait servant de nourriture aux enfants. Les poules et le coq étaient attachés par une patte à une roue mais, à l'obscurité tombante, ils rejoignaient leur cage afin qu'ils ne soient pas dévorés au cours de la nuit par un renard, un chien errant ou un loup. La nuit, les loups quittaient le fin fond de la forêt protectrice pour rôder autour des fermes isolées et des hameaux, à la recherche de nourriture. Étienne n'avait pas peur des loups, il savait que ceux-ci ne s'en prenaient que rarement aux hommes, il se méfiait plutôt de ces chiens errants qui hantaient la campagne et n'hésitaient pas à vous attaquer par-derrière.

La famille Boidin dormait dans la charrette, serrée les uns contre les autres. Étienne, dormait dessous, sur le sol tapissé d'un peu de paille qui l'isolait de l'humidité de la nuit. Avant de s'endormir, défilait doucement dans sa tête, les jours heureux de son enfance. Il repensait avec nostalgie à sa Justine et à tous ceux qu'il avait laissés derrière lui, ses frères Flavien et Jules, ses parents et la grand-mère. D'autres soirs, il rêvait du Nouveau Monde, son imagination lui dépeignait des lieux magnifiques qu'il n'avait jamais connus, en espérant fortement que ses rêves deviennent un jour réalité.

Au cours des nombreuses haltes qu'ils devaient faire afin que la vache paisse et se repose, Étienne s'amusait avec les enfants, qui avaient trouvé en lui, un nouveau compagnon de jeu. Il leur confectionna des épées en bois, et firent des combats contre d'imaginaires soldats anglais, l'ennemi héréditaire. D'autres jours, il les emmenait cueillir des fraises des bois à la lisière d'une forêt, ou bien ramasser des mûres en bordure d'une bouchure. Ils en revenaient tout joyeux, le visage barbouillé de jus. Adelphe n'oubliait jamais d'en faire une provision pour ses parents, qui étaient restés près de la charrette. Quant à sa sœur, une petite fille à la frimousse espiègle, elle ramenait toujours à sa mère un bouquet de marguerites et de fleurs de pissenlits qu'elle avait cueilli avec délicatesse.

Étienne, accompagné d'Adelphe qui le suivait comme un petit chien, mettait à profit ces haltes de fin de journée, pour poser des pièges dans les bois environnants. Ils les relevaient le lendemain matin avant le départ. Quelquefois, un lapin se faisait prendre au collet, mais souvent c'étaient les renards qui passaient avant lui. Ce lapin était dépecé, cuit et mangé le soir même, sa peau était récupérée et troquée contre une miche de pain, lors d'une traversée de village.

Il lui arrivait souvent au cours d'une halte de raconter aux enfants des histoires inventées de toutes pièces. Des histoires commençant toujours par « il était une fois...» Des histoires de birettes et de loups qui dévorent les enfants qui ne sont pas sages, Étienne, assis sur un tronc d'arbre mort couché au sol, avec Violaine sur ses genoux, et Adelphe allongé dans l'herbe en face de lui. Des histoires, il en connaissait beaucoup avec toutes celles que le Boiteux lui avait racontées quand il avait leur âge.

Violaine ne voyait que par lui, il était le sauveur de son papa, et avait mis en fuite les méchants.

— T'es mon chevalier disait-elle, quand je serai grande, je me marierai avec toi.

Cela faisait beaucoup rire Étienne, qui lui répondait.

— Si tu veux être aussi grande que moi, il te faudra manger beaucoup de soupe.

Cinq jours s'étaient écoulés depuis qu'ils avaient passé la ville de Poitiers, quand ils arrivèrent dans le bourg de La Villedieu du Pont de Vaux, sur le bord de la Sèvre. Ils se posèrent pour la nuit près de l'aumônerie de Saint-Jacques, lieu d'accueil des pèlerins se rendant en Galice. Une chapelle se trouvait près de l'aumônerie. Hortense s'y rendit pour aller prier avec les jacquets, nombreux en cette période de l'année.

Le lendemain en cours de journée, ils aperçurent le donjon de Niort, puis, suivant les rives bordées d'aulnes de la rivière Sèvre, ils passèrent devant des moulins à foulon.

Ces moulins servaient à fouler la toile de laine appelée pinchinat, ainsi que les cuirs, mais surtout à tanner fourrures et peaux en provenance de la Nouvelle-France. Les peaux et les huiles de poisson nécessaires à la chamoiserie, étaient acheminées par de grosses barques à une voile, des gabares, depuis La Rochelle et Marans, jusqu'au port de Niort.

De nombreux moulins ne fonctionnaient plus, ils avaient été abandonnés par leurs propriétaires huguenots. Ces foulonniers avaient fui la région pour s'exiler à l'étranger, principalement vers les Provinces-Unies[50] et l'Angleterre du fait des persécutions qu'ils subissaient suite aux dragonnades.

À la révocation de l'Édit de Nantes, (l'Édit de Fontainebleau) en 1685, par le marquis de Louvois, de nombreux protestants, artisans, commerçants, médecins et même des officiers s'enfuirent malgré l'interdiction d'émigrer. Chez les petites gens qui ne pouvaient pas s'exiler faute d'argent, les soldats missionnaires, les dragons du roi, firent régner la terreur, pour les obliger à renier leur religion.

Laissant Niort derrière eux, et après avoir passé la nuit aux abords du bourg de Mauze, ils entrèrent dans la province de l'Aunis.

Traversant une vaste forêt de chênes (la forêt de Benon), ils rencontrèrent des dragons du roi qui faisaient la chasse aux malheureux protestants. Plus tard, passé le bourg de Nuaille, ils longèrent des marais, puis après plusieurs lieues de marche, ils virent se profiler au loin les tours de La

---

[50] - Hollande

66

Rochelle. En cours de chemin, ils croisèrent des chariots transportant du sel et des éfourceaux[51] lourdement chargés de troncs d'arbres maintenus par des cordes tendues à l'aide de tordoirs.

Le soleil déclinant, Adrien décida de faire une dernière halte, avant d'entrer dans la ville.

De grands oiseaux inconnus, au plumage noir et blanc et au cri perçant, tournaient au-dessus d'eux dans un ciel sans nuage. Un léger vent d'ouest venant de l'océan tout proche transportait avec lui des odeurs nouvelles, des odeurs d'algues et d'iode que chacun d'eux découvraient pour la première fois.

Étienne et toute la famille Boidin, restèrent un long moment debout sans mot dire, le regard en direction des tours. Hortense tenant sa progéniture par la main, murmurait une prière pour remercier la Sainte Vierge de leur arrivée sans encombre à La Rochelle.

Ce soir-là, la nuit fut courte et le sommeil long à venir, car ils avaient hâte d'arriver. Après s'être consultés, ils décidèrent qu'Étienne irait seul dans La Rochelle pendant que la famille Boidin installerait leur camp, non loin des remparts.

Ce fut chose faite deux lieues plus tard, ils s'installèrent près de Saint-Eloy, un hameau de quelques âmes, situé en bordure des marais salants, à une sabotée des murailles de la ville.

---

[51] - chariot transport de bois

V

À la fin juillet de l'an 1698, Étienne d'Eugène arrivait enfin à La Rochelle, cela faisait exactement quatre semaines qu'il avait quitté son Berry natal.

La moitié du jour était passée quand il franchit la porte Royale de la cité aunisienne, et aussitôt, il se mit en quête de P'tit Jean, l'ami du Boiteux.

Les rues étaient très animées, et, ne sachant pas où se trouvait le cabaret *Le Chat Borgne*, il suivit la populace qui descendait la rue des Drapiers,(rue des Merciers). La rue était bordée d'échoppes dont les étals regorgeaient de marchandises, du plus grossier calicot à la plus fine lingerie. Elle était encombrée de camelots, charrois et chaises à porteurs qui allaient tous dans la même direction, le port. Prenant la rue des Moureilles, il passa devant l'église Saint-Sauveur et, poussé par la marée humaine, déboucha subitement sur les quais.

Il se retrouva au milieu d'une foule tumultueuse où régnait un brouhaha indescriptible. Cris, vociférations, interpellations jaillissaient de partout et de nulle part. S'ajoutaient à cela des odeurs prenantes d'algues mélangées à celles de fumées et de poissons.

Planant au-dessus de cette foule, mouettes rieuses et goélands criards trouvaient un malin plaisir à fienter sur la tête de passants malchanceux qui, fulminant de rage, levaient le poing dans leur direction.

Les quais étaient investis par les camelots, les vendeuses de poissons et les flâneurs. Des matelots fraîchement débarqués d'un navire arrivant des îles marchaient en titubant, complètement ivres, insultant dans des langues inconnues, les malheureux badauds qu'ils heurtaient.

Étienne, s'étant arrêté pour regarder ce spectacle irréel, ne savait plus où poser les yeux. Il se trouvait dans un autre monde, un monde qui lui était étranger. Il était bien loin des rues calmes de sa ville de Bourges. Restant immobile au milieu de cette cohue, il se faisait bousculer, injurier et marcher sur les pieds par les passants et les porteurs de chaises. Il se fit même chanter pouilles[52] par le conducteur d'un charroi qui faillit le renverser.

Des tas de ballots prêts à être embarqués sur un navire étaient entassés sur les quais. Une longue file de portefaix pliant sous de lourdes charges, venus charger un navire en partance pour Bordeaux, se frayaient difficilement un passage au milieu de cette pétaudière.

Se ressaisissant, Étienne se remit à la recherche du cabaret *Le Chat Borgne*. Rencontrant deux argousins, il les accosta pour leur demander son chemin.

---

[52] - injurier

— C'est pas ben difficile ! répondit l'un deux, c'est tout dré dans le quartier du Perrot. T'as qu'à passer le Gros Horloge, et là, tu chercheras la rue de la Cloche.

— Merci M'sieu ! répondit-il.

Passant la porte du Gros Horloge, il s'engouffra dans un dédale de rues sombres. Complètement perdu, il se retrouva dans des venelles nauséabondes aux pavés glissants. Des immondices en recouvraient partiellement le sol. Seule une bonne pluie d'orage d'été aurait pu nettoyer toute cette saleté. Un peu plus loin, un chien qui n'avait plus que la peau sur les os fouillait dans les détritus, à la recherche d'une hypothétique nourriture.

Après avoir tourné en rond pendant un long moment, il déboucha miraculeusement dans la rue de la Cloche qu'il arpenta d'un pas alerte. La rue était jalonnée de nombreuses échoppes, dont les enseignes en fer forgé grinçaient au gré d'une brise marine. Des auvents faits de toile grossière rapiécée de toute part, étaient tenus par des piquets de bois tordus. Ces calicots protégeaient des intempéries des étals recouverts de marchandises, qui empiétaient jusqu'au milieu de la rue.

Scrutant les enseignes, celle représentant un *Chat Borgne* apparue bientôt devant lui ; il était arrivé à bon port.

Se trouvant devant la porte du cabaret, il s'arrêta, hésita un moment avant d'entrer.

Qu'allait-il trouver à l'intérieur ? P'tit Jean était-il encore de ce monde ? Si oui, allait-il l'aider ? Ou bien le rabrouer ?

Prenant son courage à deux mains, il poussa l'huis et en franchit le seuil.

C'était une taverne comme tant d'autres, deux petites fenêtres peinaient à y faire entrer un semblant de lumière. Quelques tables en bois noircies par le temps, entourées de bancs, en occupaient l'espace. Au fond, une cheminée et un tonneau dont le dessus était occupé par plusieurs chandelles de suif. Proche de celui-ci, un épais rideau de toile camouflait l'entrée d'une cuisine d'où s'échappaient des senteurs appétissantes qui rappelèrent à son estomac que la soupe du matin était déjà bien loin.

Après que ses yeux se soient habitués à la pénombre, il distingua dans un coin de table un marin cuvant son vin, la tête reposant sur ses bras croisés. Deux autres marins, trois tables plus loin, se faisaient servir un gobelet de vin par une personne âgée aux cheveux grisonnants descendant jusqu'aux épaules. En voyant s'approcher Étienne, le vieillard se redressa, un pichet à la main.

— Qu'est ce qui t'amène à c't'heure jeunot ?

— Je suis à la recherche de P'tit Jean répondit timidement Étienne, impressionné par la forte voix et le regard perçant de l'homme qui le dévisageait.

— Que lui veux-tu à P'tit Jean ? poursuivit le vieillard d'un ton tranchant.

— Je viens de la part du Boiteux.

— Connais pas de Boiteux, répondit-il sèchement, puis se grattant un menton recouvert d'une barbe de plusieurs jours, il poursuivit.

— Le Boiteux !... le Boiteux !...répéta-t-il, tout en cherchant dans sa mémoire défaillante de barbon[53]

— Ah oui, ce vieux filou de flibustier, il y a belle lurette qu'on ne l'a point vu ! Comment va-t-il ?

— Ben, la dernière fois que je l'ai vu, il allait bien, répondit Étienne. Il m'a dit qu'il était un de vos amis et que vous pourriez m'aider à embarquer sur un navire en partance pour le Nouveau Monde.

---

[53] - une personne âgée

C'était donc lui P'tit Jean se dit-il, ce petit homme bedonnant, l'ami du Boiteux, celui avec qui il avait fait les 400 coups dans tous les ports.

P'tit Jean était un vieillard à l'œil vif, encore ingambe malgré ses septante ans. Il était né devant l'océan, comme il aimait à le dire, il y a bien des années de cela, et espérait bien aussi y mourir. Il avait parcouru toutes les mers du globe, l'océan, il ne pouvait s'en passer, tous les matins au lever du jour et par tous temps, il allait humer l'air du large. Il prenait le chemin du port, ensuite il se dirigeait vers la tour des Prêtres (la tour de la Lanterne). Et là, debout face à l'océan, son regard se portant vers la ligne d'horizon, il écoutait les vagues s'écraser avec fracas contre les rochers du pied de la tour. Mais son moment préféré était quand la mer était furieuse et que les embruns lui inondaient le visage.

— Qu'est ce qui me dit que c'est ben lui qui t'envoie ? demanda P'tit Jean soupçonneux.
— Sur que je le connais, il m'a même dit que vous vous étiez connus à Saint-Domingue, et que vous vous étiez échappés ensemble de prison de chez les godons.
— Cent diables, s'il t'a raconté tout ça, ben vrai que tu connais ce vieux renard. Après un moment d'hésitation, il reprit.
— À c't'heure, je ne peux pas m'occuper de toi, reviens demain matin, mais je suppose que tu dois avoir faim, j'vas t'servir une écuelle de soupe.

Après s'être rassasié d'une bolée de soupe de poisson et d'un quignon de gros pain, Étienne s'apprêta à partir, quand P'tit Jean l'interpella.
— Comment t'appelles-tu petit ?
— Étienne d'Eugène répondit-il, et j'arrive de Bourges.

Étienne fit le chemin à l'envers tout en évitant les venelles malodorantes. Il musarda longtemps dans les rues et sur les quais puis repassa la porte Royale tout en se dirigeant vers les marais salants, afin de retrouver la famille Boidin.

Ne voyant pas le temps passer, il arriva près du camp, au moment où les derniers rayons du soleil disparaissaient dans l'océan. À son approche, Violaine accourue vers lui et se jeta dans ses bras en criant.

— Étienne... Étienne, où étais-tu ? Elle le bigea, comme s'il s'était absenté depuis des lustres.

Adrien avait allumé un feu, et ils se retrouvèrent tous les cinq, assis autour. Les Boidin lui posant mille et une questions. Comment était la ville ? A-t-il vu des navires ? Avait-il retrouvé P'tit Jean ?

Étienne répondit à toutes sans exception, et raconta sa visite du port. La nuit était tombée depuis longtemps quand, enfin rassasiés de détails, ils allèrent s'allonger sur leur paillasse.

La nuit fut courte, car ils furent réveillés à l'aube par les cris stridents des mouettes faisant des cercles au-dessus d'eux. Le chant d'un coq d'une ferme voisine, qui s'était aventuré prés de leur campement, leur annonça bruyamment le lever du soleil.

Adrien avait installé son camp dans une prairie, à l'ombre d'un bouquet d'arbres, non loin d'un salorge. Un salinier lui avait permis de se poser là, en contrepartie de travailler pour lui. C'était la saison de la récolte du sel, qui consistait à remonter celui-ci sur les bords, puis à le transporter sur la tête dans un récipient en bois jusqu'au mulon, pour enfin l'entreposer dans un salorge. C'était un travail pénible qui se faisait nu pied pour ne pas dégrader les berges.

Le soleil était déjà haut dans un ciel sans nuage, quand Étienne reprit le chemin de La Rochelle. Bien que nous soyons en début de matinée, les rues étaient déjà très animées, regrattiers, savetiers, et barbiers, ouvraient leurs échoppes. D'autres sortaient leurs marchandises, pour les exposer sur des étals, à l'ombre de calicots. Les gueux avaient déjà repris possession du parvis de l'église Saint Sauveur et interpellaient les passants en tendant la main ou un vieux couvre-chef crasseux « à votre bon cœur Monseigneur, le Bon Dieu vous le rendra ». Les marchands de soupe et les merciers (marchands de tout et faiseurs de rien), circulaient au milieu de la populace, en proposant leurs marchandises.

En arrivant près des quais, il fut abordé par une liseuse de la main.

— Mon prince veut-il me prêter sa main ?

Sans plus attendre et avec dextérité elle lui prit la main gauche, et la retournant, commença à scruter les lignes de sa paume. Avec ses longs cheveux d'ébène descendant jusqu'au bas des reins et son sourire enjôleur, Étienne était comme envoûté par la beauté de cette nymphette. Il se laissa faire, n'arrivant pas à détacher son regard de ses grands yeux noirs.

— Tu vas faire un très long voyage, mais tu ne reviendras point au pays, dit-elle, puis continuant sa lecture.

— J'vois une jeune fille qui te rejoindra et tu te marieras avec elle, avança-t-elle en le regardant avec un petit sourire en coin.

Deux lignes de main plus tard, relevant la tête, elle le regarda droit dans les yeux et annonça gravement.

—À c't'heure, quelqu'un que t'aimes bien s'meurt.

75

Entendant cela, Étienne retira d'un coup sec sa main. La jeune fille éclata de rire et s'éloignant en courant au milieu des badauds, disparut rapidement de sa vue. Il regretta de s'être laissé embabouiner, ces révélations le tourmentaient, et il se demanda qui allait bientôt mourir.

— Est-ce Le Boiteux ? Ou bien la grand-mère ? Non, ce ne sont que des mentes tout ça, se dit-il, et il reprit son cheminement vers les quais.

Les deux navires étaient toujours là, le trois mâts en partance pour Bordeaux, une frégate d'au moins 100 tonneaux, s'apprêtait à lever l'ancre. La passerelle était retirée et les amarres lâchées. Le capitaine et les officiers en tenue d'apparat, majestueux, du haut du gaillard arrière, surveillaient la manœuvre. Les ordres donnés par le bosco fusaient. Des gabiers dans la mature s'activaient à déferler, d'autres marins sur le tillac tiraient sur les drisses, au rythme d' ho hisse et ho retentissants.

Étienne assista à toute la manœuvre ; de nombreux badauds étaient là, un navire quittant le port étant toujours un événement. Femmes et enfants de marins embarqués, la larme à l'œil, faisaient des signes d'au revoir. Marsouins, veuves de disparus en mer, argousins, curieux et anonymes, colporteurs et femmes de bonne famille tenant leur fille d'âge nubile au plus près d'elles, tous assistaient à l'appareillage. Ils avaient tous une certaine crainte de ne plus jamais les revoir, mais aussi avec une folle envie de partir avec eux vers de lointains rivages.

Laissant tout ce beau monde regarder le navire s'éloigner entre la tour Saint-Nicolas et la tour de la Chaîne, Étienne passa sous le Gros Horloge au son des douze coups de l'angélus. Il s'orienta facilement, ayant déjà fait deux fois ce chemin, et retrouva le cabaret sans difficulté.

Quelques convives étaient attablés et P'tit Jean remplissait les écuelles de soupe ; l'apercevant, il lui lança.

— Ah ! Te v'là, t'es pas ben matinal ! C'est à c't'heure que t'arrives ? Pose tes fesses sur un banc, j'vas t'servir à manger, et après on causera.
— La Blandine, mets-donc un couvert à ce jeunot, cria-t-il en direction de la cuisine.

Étienne s'exécuta et s'assit tout penaud au bout d'un banc, il n'en menait pas large, surpris par l'accueil froid du maître des lieux. Il est vrai qu'il n'avait pas vu passer le temps, il avait assisté à l'appareillage du trois-mâts et flâné dans les rues en regardant les étals.
Une jeune femme sortit de derrière le rideau de toile avec une écuelle et un gobelet qu'elle posa devant Étienne en lui faisant un grand sourire. Blandine devait approcher les trente printemps, mais n'avait jamais voulu coiffer Sainte-Catherine, de peur d'être la risée de la clientèle de la taverne. Plutôt jolie et bien roulée, elle avait le sourire facile et la langue bien affilée. Elle n'avait pas froid aux yeux et tutoyait tout le monde.
Elle revint un moment plus tard avec une cruche d'eau et un morceau de pain.

— V'là pour le joli cœur dit-elle en repartant d'un pas léger vers la cuisine, tout en remuant une croupe provocatrice.

Blandine, était fille de père inconnu, et sa mère, une nommée Flora, malouine de naissance, avait la charge de la préparation des repas de la taverne. C'était une femme de caractère et de fort gabarit, dont certains disaient qu'elle avait été tenancière d'un lupanar dans la cité de Saint-Malo. Elle passait une bonne partie de la journée devant le potager[54] où mijotait dans une marmite un ragoût qu'elle remuait inlassablement à l'aide d'une touille[55].

Étienne engloutit une bolée de soupe et une carbonée (une lamelle de lard sur une tranche de pain), et attendit sagement à sa place. Les derniers clients partis, P'tit Jean vint s'asseoir en face de lui.

— Étienne, c'est ben ton nom ?

— Oui, M'sieu !

— Appelle-moi P'tit Jean comme tout le monde, puis il reprit.

— Ben voilà, j'ai réfléchi à ton affaire, et je m' suis renseigné dit-il tout en remplissant deux gobelets de cidre.

— J'ai ouï-dire qu'une expédition pour la Louisiane, commandée par Pierre Le Moyne d'Iberville était en préparation, et que les navires devaient faire escale à La Rochelle fin octobre. Buvant une lapée de cidre, il continua.

— Je me charge de te faire embarquer sur l'un des navires. Je connais bien les deux frères d'Iberville, Sauvole et Bienville, qui seront membres de l'expédition ; ils passent de temps en temps vider une chope à la taverne. Une lapée de cidre plus tard, il continua.

— V'là ce que j' te propose en échange de ton embarquement, tu aideras la Blandine à servir à table et à nettoyer la taverne jusqu'à ton départ. Le soir, il y a beaucoup d'ouvrage, et cela me soulagera car les ans commencent à me peser sur les épaules. Il y a une chambre qui n'est pas occupée au-dessus de la cuisine, où tu pourras y

---

54 - fourneau
55 - grande cuillère

78

poser ton baluchon et dormir. Le lit est bon et la paillasse a été remplacée.

Étienne n'avait pas le choix, s'il voulait embarquer pour le Nouveau Monde.

— Dame oui que je suis d'accord! Répondit-il, tout heureux de cette proposition inespérée.

— J'vas de suite chercher mon baluchon chez les Boidin, près des marais salants, et je serai de retour avant que le Gros Horloge sonne l'Angélus.

De retour au campement, il expliqua à la famille Boidin le pourquoi de ce départ précipité, et les voyant affligés par sa décision, il leur affirma qu'il passerait les voir tous les jours. Trois heures plus tard, il était de nouveau au *Chat Borgne* avec sa besace et son baluchon à l'épaule.

La taverne avait bonne réputation. Tous les soirs, c'était le rendez-vous des marins, voyageurs, marchands, filles de joie. Tous venaient déguster la soupe et le ragoût de la plantureuse Flora. Le vin et le ratafia y coulaient à flot. Les clients trop entreprenants envers Blandine se faisaient rabrouer sans ménagement par celle-ci ; tout cela sous l'œil vigilant de P'tit Jean qui faisait régner l'ordre d'une main de maître. Il n'hésitait pas à jeter dehors, les ivrognes qui se retrouvaient au milieu de la rue de la Cloche, allongés sur les pavés, la tête dans le caniveau parmi les détritus.

À la fin de la soirée, il arrivait que Blandine entonne d'une voix claire, une chanson à boire que toute l'assemblée reprenait en cœur le refrain.

As-tu point veu rouge nez ?
Le maistre des yvrognes
Mon père m'y veut marier.

As-tu point veu rouge nez ?
À un vieillard m'y veut donner.
Il pleut, il vente, il tonne.

Quelques nuits plus tard, Étienne fût réveillé par un bruit, plutôt par une présence. C'était Blandine, la servante qui, profitant de l'obscurité et que toute la maisonnée fût endormie, pour se faufiler dans sa chambre. Aussi agile qu'un chat, elle se glissa prestement dans son lit.

— Chut ! Ne dis rien et laisse-toi faire, joli cœur ! Lui susurra-t-elle à l'oreille.

Doucement, elle se mit à lui caresser le torse, tout en l'embrassant et lui mordillant le lobe des oreilles; il se laissa faire, et trouva cela plutôt agréable ; mais rapidement, les caresses devinrent plus précises et elle le chevaucha en ondulant doucement de tout son corps, puis les mouvements devinrent de plus en plus rapides et elle se mit à pousser de petits gémissements de plaisir.

Son plaisir assouvi, elle repartit comme elle était venue, marchant à pas de loup, le laissant seul, repu. Lui qui jusqu'à présent n'avait connu que des plaisirs solitaires, ne dédaigna nullement ces incursions dans son lit qui devinrent avec le temps, de plus en plus fréquentes.

Entre le service du midi et celui du soir, les allers et retours chez la famille Boidin, et les visites nocturnes de Blandine, il n'avait peu de temps à lui. Tout juste trouvait-il un moment pour aller l'tantôt flâner au port, admirer les navires à quai, ou bien à assister à l'appareillage de l'un deux. Avec le temps, il avait appris à faire la différence entre une goélette, une frégate et une flûte. Il aimait se retrouver au port, quand la houle était forte et que le vent d'ouest faisait entendre ses sifflements dans la mâture des voiliers à quai.

Un jour qu'il se trouvait assis sur le rebord du quai, la tête dans les nuages et les pieds suspendus dans le vide au-dessus de l'eau crasseuse. Il regardait une frégate rentrant lentement dans le port, les grand-voiles carguées. Il se mit à rêver qu'il en était le capitaine, et que, du haut de la dunette, fier comme Artaban, il surveillait les manœuvres d'accostage. Les cales pleines d'or, il revenait chercher sa promise, après avoir fait le tour du monde.

Sortant de ses rêveries, il se dit qu'il était grand temps de donner de ses nouvelles à Justine. On était à la saison des vendanges et son départ approchait à grands pas. Le soir même, mettant à profit une de ses visites nocturnes, il sollicita Blandine pour lui procurer de quoi écrire, ce qui aiguisa sa curiosité féminine.

— Tu sais écrire ? À qui donc qu' tu veux écrire ?

À ces dernières paroles, il sentit comme une pointe de jalousie dans sa voix, et il se dit qu'elle devait en pincer pour lui. Mais, ce n'était pas le moment de s'enticher[56] d'une drôlesse.

— C'la ne te regarde point, lui répondit-il sèchement

— Si tu ne m'dis pas à qui tu veux écrire, j'te donnerai rien, dit-elle, en le fixant droit dans les yeux, les deux poings serrés sur les hanches.

— Dans ce cas, j'vas dire à P'tit Jean que tu viens dans ma chambre la nuit, lui répondit-il, en soutenant son regard.

Voyant qu'elle ne connaîtrait pas le ou la destinataire de la missive, elle tourna les talons et sortit de la chambre en bougonnant. Deux jours plus tard, Blandine lui remit ce qu'il avait demandé, une plume d'oie, un encrier et quelques

---

[56] - s'amouracher

feuilles de papier. Vexée, elle bouda sa paillasse, et il se passa bien sept nuits avant qu'elle ne revienne dans son lit.

Pendant toute une nuit, il écrivit à la faible lueur d'un rat-de-cave[57] posé sur un tabouret. La lumière vacillante de la bougie formait des ombres grotesques se mouvant au plafond et sur les murs blanchis à la chaux. Il ne souffla la chandelle qu'aux premières lueurs du jour, il avait tellement de choses à raconter. Il n'omit aucun détail, à une exception près, ses coucheries avec Blandine. Il lui parla de son amour pour elle, qu'il ne l'oubliait pas, et qu'il reviendrait la chercher. Il lui dit aussi qu'il avait bon espoir d'embarquer fin octobre sur un navire en partance pour la Louisiane. Il remplit deux feuilles, d'une écriture fine et serrée, qu'il plia et cacheta avec de la cire, sans oublier d'y inscrire le nom et l'adresse. Il se demanda si cette missive allait bien arriver à Bourges, sachant que les courriers[58] avaient tendance à les ouvrir ou à les perdre. Un cavalier parcourait sept lieues par jour (la distance entre deux relais de poste), il calcula, qu'il se passerait si tout allait bien, au moins deux semaines, avant que Justine puisse lire sa lettre.

Étienne fit la connaissance de Jean-Baptiste Le Moyne de Bienville un soir à la taverne, environ quinze jours avant le départ de l'expédition. Il était accompagné de son frère François-Marie Le Moyne de Villantray de Sauvole, enseigne de marine et de deux autres officiers de la Royale.

P'tit Jean prit à part Le Moyne de Bienville et lui glissa quelques mots à l'oreille, puis les quatre officiers s'assirent à une table.Un moment plus tard, de Bienville interpella Étienne qui passait près de la tablée.

---

[57] - chandelle
[58] - cavaliers en charge du transport des missives

— Alors comme ça, tu veux aller en Louisiane ? demanda-t-il en inspectant Étienne des pieds à la tête.

— Oui M'sieu, répondit celui-ci.

— Assieds-toi là et bois un coup de raide avec nous.

— P'tit Jean ! Apporte-nous un autre gobelet et une bouteille de tafia.

— Il est bien gringalet, pour faire un marin souligna De Sauvole, ce qui fit rire les deux autres officiers.

Le Moyne de Bienville et Étienne étaient de même corpulence, et devaient avoir sensiblement le même âge. Bienville, taillait bien la parole[59], et il en imposait avec son uniforme et son épée portée au côté dans un fourreau. Il était garde de la marine royale, et l'un des onze fils d'une fratrie de treize enfants, ayant pour père Charles Le Moyne de Longueuil. Arrivé en 1646 à l'âge de quinze ans en Nouvelle- France, Charles le Moyne fut interprète en langues indiennes, puis devint l'un des plus influents citoyens de la colonie. Il fut même considéré comme un héros, et finit sa carrière comme gouverneur de Montréal.

— As-tu déjà mis le pied sur un vaisseau ? demanda-t-il.

— Ben …non ! M'sieu ! répondit Étienne.

— Que sais-tu faire ? Forgeron ? Charpentier ? Cuisinier ?

— Un peu de tout M'sieu, mais l'ouvrage ne me fait pas peur, et puis, je sais lire, écrire et compter !

— Dans ce cas, si tu sais lire et écrire, je te nomme à mon service, et te porterai sur le rôle en tant que commis en écriture. Comme tu n'as pas de contrat, et je suppose, pas d'argent pour payer ton voyage, tu seras sans solde pendant le temps de la traversée, et je me porterai garant pour toi. C'est à prendre ou à laisser.

---

[59] - parler avec éloquence

Saisissant la bouteille de tafia, Bienville remplit à ras bord les cinq gobelets.

— Et maintenant, trinquons à la Marine Royale et à la Louisiane, dit-il en levant son gobelet d'un coup sec, dont une grande partie se répandit sur la table.

Quatre navires étaient à quai depuis près de deux semaines, une forte houle les empêchant d'appareiller. Deux frégates, *La Badine* commandée par Pierre le Moyne d'Iberville et *Le Marin* commandé par le chevalier de Surgères ainsi que deux biscayennes (longues chaloupes à voile) construites à Rochefort et destinées à la traverse, attendaient un temps plus clément pour mettre les voiles. Les portefaix s'affairaient à charger les dernières barriques d'eau douce et les barils de salaisons nécessaires à la traversée, qui durait environ deux mois. Trois canoës avaient été construits spécialement pour l'occasion, et embarqués à la demande du père Anastase Douay, un franciscain qui avait consenti à être du voyage. Son expérience et sa connaissance du terrain, seraient précieuses, car quelques années plus tôt, en 1684, il avait participé à la dernière expédition de Robert Cavelier de La Salle, et en était l'un des survivants.

Le moment tant attendu arriva enfin, la tempête qui sévissait depuis plusieurs jours au large de La Rochelle s'étant calmée. Deux marins furent envoyés par le Moine d'Iberville faire la tournée des tavernes, cabarets, et bordels de la ville, pour faire savoir que le chef d'expédition, voulait tout le monde à bord des navires le soir même.
La nouvelle du départ de la flottille se propagea aussi vite qu'une épidémie de petite vérole.

Le lendemain matin, toute la ville était en ébullition, les cloches des églises, se mirent à sonner à toutes volées, annonçant le départ éminent de la flottille. Une foule indescriptible convergea vers les quais. Pour rien au monde, les rochelais auraient voulu rater cet événement. Ben dame, un convoi en partance pour la Louisiane, ce n'était pas tous les jours que l'on voyait ça. Blandine fut une des rares rochelais à ne pas assister à l'appareillage des navires, prétextant qu'elle avait de l'ouvrage à finir. Elle avait l'humeur acrimonieuse d'une femme évincée par son amant. Mais, quand elle entendit carillonner les cloches, quelques larmes se mirent à couler, qu'elle essuya rapidement du revers de manche, ne voulant rien laisser voir de sa peine. Il ne sera pas dit qu'un garçon la ferait pleurer. De toute évidence, elle s'était amourachée d'Étienne.

Les Boidin avaient quitté les salins tôt le matin, pour rejoindre la cité rochelaise. Adrien, Hortense, Adelphe et Violaine, tous les quatre avaient tenu à assister au départ de leur ami berruyer. La veille, Étienne était allé leur annoncer son départ. Violaine fut très affligée par cette nouvelle, elle ne comprenait pas pourquoi, ils ne partaient pas avec lui. S'étant jetée dans ses bras, des larmes de chagrin se mirent à couler doucement en faisant de larges sillons sur ses petites joues.

— On ne te verra plus jamais ? dit-elle en reniflant bruyamment dans son cou.

Tout plein de tendresse, il la posa sur le sol et s'accroupissant près d'elle, lui prit ses deux petites mains dans les siennes et, la regardant droit dans les yeux, lui répondit

— C't'affaire, ben dame que oui, que l'on se reverra, mais je ne sais pas quand, ni où, le voyage va être très très long, lui répondit-il, la gorge nouée.

Il ne disait pas cela simplement pour lui faire plaisir, mais il le pensait vraiment. Il avait le pressentiment que leur chemin se croiserait de nouveau.

Étienne bigea les enfants et leur mère puis il serra dans ses bras son ami Adrien.

— C'est là que nos chemins se séparent, dit Adrien. Nous autres, nous avons des petits parents[60] à Grand-Pré en Acadie, où parait-il la terre y est généreuse, et si Dieu le veut, nous partirons bientôt.

Après un silence, il reprit d'une voix chagrine.

— J'espère que tu penseras bien à nous autres quand tu seras en Louisiane.

Leur tour sera en effet pour bientôt, car un navire de 300 tonneaux en partance pour la Nouvelle-France, la *Ville-Marie*, devait appareiller dans les jours à venir pour Québec, la destination qu'ils avaient choisie pour refaire leur vie. Ce navire était amarré au quai depuis deux jours déjà et son avitaillement avait commencé. Des paysans, un charron, un charpentier, un barbier, un forgeron, ainsi que des filles du roi et deux prêtres étaient inscrits sur le rôle. Tous ces émigrants étaient des volontaires pour peupler la colonie.

Le soleil était déjà haut quand les navires levèrent les ancres, sous les hourras et les «vive le roi» de la foule en délire. Étienne se retrouva donc un beau matin d'octobre, sur le tillac du *Marin*, une boule d'émotion à travers la gorge, en faisant des signes de la main en direction de la populace pressée sur le quai, espérant apercevoir la famille Boidin.

---

[60] - parents éloignés

La *Badine* commandée par le chef d'expédition, la bannière des Bourbons flottant majestueusement au sommet du grand mât, passa la première entre la tour Saint-Nicolas et la tour de la Chaîne. Elle était suivie de près d'une encablure par le *Marin* et des deux biscayennes.

Le ciel était vide de nuages, une brise généreuse gonflait les voiles déferlées, éloignant rapidement les navires de la côte saintongeaise. Bientôt, à bâbord, la masse sombre de l'île de Ré disparut de la vue, et la flottille se retrouva seule au milieu de l'océan.

— Tu logeras dans la sainte barbe en compagnie des canons, de l'aumônier et des émigrants. Tu y trouveras bien un branle de libre, lui avait dit le maître d'équipage.

En tant que commis en écriture, Étienne était chargé d'inscrire sur un registre les états de cargaison, il lui fallut donc compter toutes les marchandises embarquées, une tâche qu'il exécuta de main de maître.

VI

Le 22 octobre, l'escadre passe le Goulet et arrive au port de Brest. Par ordre du chef d'expédition, il fut interdit de descendre des navires, afin d'éviter les désertions. Seul Pierre Le Moyne et le chevalier De Surgères allèrent à l'amirauté prendre les dernières directives du comte De Pontchartrain, secrétaire d'État à la Marine. Directives qui se résumaient à trouver l'embouchure du fleuve Colbert (Mississippi) et à en interdire l'accès aux navires anglais et espagnols. Un navire, le *François*, vaisseau à deux-ponts portant 48 canons, commandé par le marquis de Chateaumorant, devait nous rejoindre à Saint-Domingue et nous escorter jusqu'en Louisiane.

Après avoir complété la réserve d'eau douce, et embarqué quelques canons supplémentaires ainsi que des barils de poudre noire, les navires mettent à la voile le 24 octobre.

Au passage des frégates, la batterie du Fer-à-cheval et la batterie Royale, batteries qui protègent l'entrée du port, tirèrent une bordée pour saluer leur départ. Ce sont ces mêmes batteries qui, quatre ans plus tôt, en 1694, repoussèrent les godons, qui voulaient s'emparer du port de Brest.

Puis, prenant la direction du Goulet, ils furent salués par des coups de canons tirés à blanc, venant de navires de guerre de la marine Royale ancrés au milieu de la rade.

La frégate la *Badine* était armée de 36 canons, et la frégate le *Marin* de 32 canons, à leur bord avaient embarqué 280 soldats et colons. L'équipage était composé principalement de Canadiens ayant déjà fait la course avec Iberville et de matelots dont certains parlaient espagnol. Tous avaient été recrutés dans les tavernes et bordels de Saint-Malo, Brest et La Rochelle.

Le vent leur étant favorable, les navires, toutes voiles déferlées, allaient bon train. Les étraves fendaient les vagues avec une facilité déconcertante, provoquant de grandes gerbes d'écume. Lançant leurs cris aigus, les oiseaux de mer nous suivaient, comme seul lien avec le vieux continent. Mais bientôt, ils nous abandonnèrent, et nous nous sommes retrouvés seuls au milieu de cette immensité que l'on appelle Atlantique.

Le mal de mer qu'Étienne avait eu au départ de La Rochelle avait disparu comme par enchantement, il pouvait de nouveau manger des gourganes[61] que composait l'ordinaire des repas. Ses premiers jours de navigation furent terribles, il vomit tripes et boyaux et resta allongé dans son branle, pâle comme un linceul, complètement anéanti. Mais depuis le départ de Brest, il avait repris des couleurs et était devenu un véritable matelot de sa majesté.

---

[61] - des fèves

Le voyage jusqu'à Saint-Domingue (Haïti) se déroula sans incident. La paix avait été signée à Ryswick un an plus tôt, en 1697, avec les Provinces-Unies, l'Angleterre et l'Espagne, mettant fin à neuf années de guerre. L'Espagne dut reconnaître l'occupation par les Français, de l'ouest de l'Hispaniola, et la France la légitimité de Guillaume III d'Orange comme roi d'Angleterre, d'Écosse et d'Irlande.

Une paix bien précaire, car les hostilités reprirent de plus belle trois ans plus tard. La Grande Alliance, dont l'Angleterre était membre, déclara la guerre à Louis XIV et à son petit-fils Philippe V (le duc d'Anjou). Celui-ci étant devenu roi d'Espagne après la mort de Charles II décédé en novembre 1700, et ne laissant aucun héritier.

Quant aux corsaires, pirates et autres boucaniers des Caraïbes, ils n'osèrent pas se frotter aux canons des deux frégates puissamment armées, préférant aborder les navires espagnols revenant du Mexique, dont les cales étaient remplies de l'or des Incas.

Au cours de la traversée, Étienne eu de longues conversations avec le père Anastase Douay, celui-ci lui racontant les péripéties de son voyage avec Cavelier de La Salle. L'expédition avait très mal commencé, partit de La Rochelle en 1684, avec quatre navires, elle perdit le *Saint François* capturé par des pirates au large de Saint-Domingue. Puis par une erreur de navigation, les trois navires restants dépassèrent l'embouchure du grand fleuve de cent lieues vers l'ouest. Mais leurs déboires ne s'arrêtèrent pas là, voulant rentrer dans une baie en empruntant un chenal, l'*Aimable* y fit naufrage. Plus tard, le commandant du *Joly*, en profond désaccord avec La Salle sur le devenir de l'expédition, fit demi-tour à son navire pour Saint-Domingue. Avec un seul navire, l'expédition était vouée à l'échec, mais La Salle s'obstina à continuer. Après plusieurs jours de navigation à la recherche de l'embouchure, le seul navire restant, *La Belle*, longeant la côte de trop près, s'échoua.

Avec 16 hommes, La Salle partit à pied à la recherche du fleuve Colbert. Ils errèrent pendant plusieurs mois sans le trouver. C'est au cours de ce périple qu'un tragique événement arriva. La Salle fut tué d'une balle de mousquet dans le crâne par un de ses hommes devenu fou. Triste fin pour cet homme qui en 1682, venant de Nouvelle-France descendit en canoë le grand fleuve jusqu'au golfe du Mexique. Il prit possession de la vallée et de ses affluents au nom du roi de France et nomma Louisiane ce vaste territoire en hommage à Louis XIV. Après plusieurs jours de marche, les quelques hommes restants, dont le père Douay, trouvèrent enfin le fleuve Colbert qu'ils remontèrent jusqu'aux Grands Lacs. Ils arrivèrent en Nouvelle-France en 1687, trois années après leur départ de La Rochelle.

Le 04 décembre 1698, les deux navires jetèrent l'ancre au Cap-François (Cap-Haïtien). L'escale fut de courte durée, deux jours tout au plus, ce qui permit de refaire le plein de victuailles et d'eau douce. Le navire le *François* nous y attendait déjà, amarré à une encablure de la côte.

Christophe Colomb et ses conquistadors débarquèrent sur l'île en 1492 et la nommèrent Hispaniola. Les indigènes, les Arawaks, qui s'y trouvaient furent décimés par les maladies et l'esclavage. Les Arawaks appelaient leur île Ayiti. Ils avaient la peau rougeâtre et les cheveux noirs, cultivaient le blé d'inde, la patate douce, le manioc, la pomme de terre, et se nourrissaient des fruits que la nature leur donnait.

Iberville fit mettre une chaloupe à la mer. Accompagné du chevalier de Surgères, il alla saluer le gouverneur de Saint- Domingue, M Ducasse, et lui remit le courrier de la colonie. Le soir même, au cours du dîner offert par celui-ci en leur honneur, Iberville donna des nouvelles du royaume aux nombreux convives. Ceux-ci avaient fait spécialement le déplacement depuis leur plantation, pour se délecter des derniers potins de la cour de France. Puis, il s'enquiert de l'emplacement de l'embouchure du fleuve auprès d'un dénommé de Graff invité pour l'occasion.

Capitaine de frégate, de Graff connaissait bien la côte de la Floride et le golfe du Mexique pour y avoir chassé l'Anglais et l'Espagnol de nombreuses fois.

— Monsieur, dit de Graff, si vous voulez trouver l'embouchure du Mississipi, il vous faudra vous armer de patience. D'abord, vous longerez la côte, tout en évitant les canons du fort de Pensacola défendu par de nombreux Espagnols, puis vous continuerez jusqu'à un immense delta. Et là, d'après ce que l'on m'a dit, vous trouverez un fort courant d'eau blanche et boueuse qui vous en indiquera l'endroit.

Le lendemain, Iberville envoya deux officiers faire la tournée des tavernes, afin de compléter les maigres indications récoltées la veille. Ils interrogèrent des capitaines et des maîtres d'équipage, attablés devant un godet de rhum, servi par des mulâtres de toute beauté. Mais ce fut peine perdue, personne n'en avait une idée bien précise et le surlendemain, la flotte, escortée par le *François* reprit la mer.

Côtoyant à bonne distance l'île de Cuba, possession espagnole, les navires mirent le cap sur la Floride. Ils longèrent une côte faite d'étendues de sable et de marécages. Une bande de sauvages, les Séminoles, complètement nus, s'approchèrent d'eux en canoë tout en les menaçant de leurs lances. Iberville donna l'ordre de tirer un coup de canon, ce qui leur causa une grande frayeur et ils firent demi-tour.

Le 23 janvier 1699, la vigie signala une terre en vue, l'île Sainte- Rose, ils y firent escale. Le jour suivant ils passèrent en vue du petit fort espagnol de Pensacola sans être inquiétés par leur défense.

Le 03 février, ils abordèrent une île dont le sol était parsemé de squelettes et d'ossements. Iberville la nomma île Massacre, (île Dauphine), et y fit installer un campement. Dix matelots furent chargés de la construction de quelques abris faits de roseaux.

Descendant d'une chaloupe, Étienne, les deux pieds dans l'eau, sentit le sol tanguer sous ses pas. C'est souvent le cas après avoir passé beaucoup de temps en mer, mais quelques pas suffirent pour que tout revienne dans l'ordre.

— Holà ! Matelot, on chavire, lui dit un marin en le voyant chanceler.

Le 27 février, Iberville fit charger sur les deux biscayennes, de la nourriture pour trente jours, des armes et les trois canoës embarqués à La Rochelle. Y prirent place lui-même, ses deux frères Bienville et Sauvole, le père Anastase Douay, Étienne, qui avait pour mission d'inscrire sur un carnet tous les détails du voyage, et une quarantaine d'hommes, des Canadiens pour la plupart. Puis ils mirent à la voile en direction de l'ouest en longeant la côte. Passant l'estuaire de la rivière Biloxi, ils durent éviter de nombreux îlots constitués de sable et d'arbres morts, sur lesquels étaient perchés des oiseaux au grand gosier, des pélicans bruns. À leur passage, ces drôles d'oiseaux prirent lourdement leur envol en semblant courir sur l'eau.

Après plusieurs jours de navigation, le temps se gâta subitement, le ciel devint d'une noirceur inquiétante. Les vagues se creusèrent, la pluie cinglait les visages sous l'effet des bourrasques, puis les nuages s'ouvrirent au-dessus de leurs têtes, et des trombes d'eau se déversèrent sur les deux embarcations. Étienne était trempé comme une soupe, transi, et tremblant de froid et de peur.

Quand allait s'arrêter ce déluge ? se demanda-t-il. Il s'accrochait tant bien que mal au rebord de l'embarcation pour ne pas être emporté par une déferlante. Tous s'attendaient à ce que les chaloupes s'écrasent d'un moment à l'autre contre un îlot ou un tronc d'arbre.

Craignant le pire, le père demanda aux hommes de prier pour leur salut. Étienne pour qui ce n'était son habitude, se mit lui aussi à prier la Sainte Vierge tout en pensant que son voyage se terminera peut-être là, et qu'il ne reverra plus jamais sa Justine. Alors il se mit à songer à tous ceux qu'il avait laissés au vieux pays, au bon temps passé dans son enfance. Plein d'images lui revenaient à l'esprit, les batailles de boules de neige, les combats de rues avec ses frères, et le jour où, juchés dans un cerisier avec Justine, ils bombardaient les passants de cerises.

La tempête dura encore plusieurs heures, puis le vent se calma, la houle devint moins forte et la pluie cessa aussi vite qu'elle était venue.

Le 2 mars, la vigie de la première biscayenne signala une masse de roches noires. Les embarcations s'y dirigèrent et ils découvrirent plusieurs îlots, tous constitués de bois mort pétrifié et de vase. À leur grande surprise, passant entre deux îlots, ils constatèrent un fort courant d'eau blanche et boueuse, venant de la terre. Iberville se demanda s'il était bien dans le delta que leur avait parlé de Graff, lors du dîner avec le gouverneur de Saint-Domingue. Le lendemain, jour de Mardi Gras, remontant difficilement ce fleuve à contre-courant, celui-ci se divisa bientôt en trois branches. Le père Douay fit part à Iberville que La Salle lui avait souvent parlé de ces trois fourches.

Se dressant dans la chaloupe, Iberville s'adressa à ses hommes.

— Matelots ! S'écria-t-il, il me semble bien que nous sommes sur le Mississippi.

Une clameur de joie s'éleva des deux biscayennes.

Ce grand fleuve que le conquistador Hérando de Santo baptisa en 1541 *Rio Grande,* le français Cavelier de la Salle le descendit en 1681, huit ans après Jolliet et le père Marquette, et le nomma *fleuve Colbert.* D'Iberville l'appela *Mississippi,* mais pour certains indigènes, c'était *le père des eaux*, ou la *grande eau qui court* et pour d'autres, *Misi Sipi* (la grande rivière).

Poursuivant leur remontée dans le delta, ils côtoyèrent des marécages envahis de roseaux et d'arbres squelettiques. À leur passage s'envolèrent cormorans, aigrettes, pélicans et autres oiseaux qui leurs étaient inconnus. Le 14 du même mois, apercevant un feu de camp sur la rive, ils s'y dirigèrent. Il y avait là un village fait de plusieurs huttes ceinturant une place sur laquelle jouaient de nombreux enfants. Il était habité par les Bayagoulas, des sauvages plutôt accueillants, qui n'avaient qu'une poignée de cheveux sur le dessus du crâne, dans laquelle étaient accrochées des plumes d'oiseaux. Leur chef leur confirma qu'un dénommé Tonti, (le fidèle lieutenant de La Salle), étant à la recherche de celui-ci, était bien passé par ici il y a treize ans. Il avait en sa possession une missive que Tonti lui avait remis pour La Salle, mais celui-ci n'est jamais arrivé jusqu'au village.

Après avoir récupéré cette missive, l'expédition poursuivit sa remontée du fleuve, non sans difficulté, car le courant toujours aussi impétueux, charriait des branchages et des troncs d'arbres arrachés aux berges.

Ils accostèrent à un endroit que les sauvages appelaient Istrouma. Iberville baptisa ce lieu Bâton Rouge[62], car un tronc rougi par le sang de têtes d'ours accrochées à son extrémité, servait de limite de chasse à la tribu des Houmas et celle des Bayagoulas.

Cela faisait près de vingt jours qu'ils étaient partis, Iberville décida qu'il était temps de rejoindre le campement et les navires au mouillage.

Il commanda à ses frères de redescendre le fleuve avec les deux biscayennes pendant que lui, avec deux canoës suivrait une petite rivière que lui avait indiquée un indigène Bayagoulas. Il l'appela la rivière des Houmas, puisque ceux-ci en occupaient les rives, mais plus tard, elle porta son nom. Étienne fut du voyage avec plusieurs Canadiens, et deux sauvages servant de guides. Cette rivière les conduisit à deux lacs qu'Iberville baptisera Maurepas et Pontchartrain, en hommage au secrétaire d'État à la Marine Royale, avant d'arriver à un troisième, le lac Borgne ouvert sur le golfe du Mexique, et se trouvant à plusieurs lieues de l'île Massacre.

En bordure de cette rivière se trouvait des arbres gigantesques, des cyprès dont des filaments accrochés aux branches, rejoignaient la surface de l'eau. Ces longs filaments, appelés par les colons français « barbe espagnole » puis « mousse espagnole », formaient des draperies, et rendaient l'endroit à la fois mystérieux et inquiétant. Les berges étaient peuplées d'alligators se chauffant au soleil. Dérangés par le bruit des pagaies, ils

---

[62] - capitale de la Louisiane

glissaient avec agilité dans l'eau, pour disparaître sous les jacinthes d'eau.

Abandonnant l'île Massacre trop vulnérable, il fit construire un fort entouré d'une grande palissade, protégé par quatre bastions armés de quatorze pièces, dans une baie voisine, en territoire Biloxi.

Iberville, devant retourner sur le vieux continent, Étienne écrivit une longue lettre à Justine, lui relatant son voyage et la découverte du delta du Mississippi. À la fin de la missive, il lui dit qu'il ne pouvait pas revenir la chercher pour le moment, car les conditions de vie étaient trop pénibles et dangereuses. Il le regrettait bien et en était tout chagriné. Il lui dit aussi que tous les jours que Dieu fait, il ne pensait qu'à une chose, la serrer bien fort dans ses bras. Les marins, ne pouvant s'adresser au père Douay parti évangéliser les sauvages et sachant qu'Étienne savait lire et écrire, lui demandèrent de rédiger de nombreuses lettres pour donner des nouvelles à leurs familles. Ces écrits lui permirent de se constituer un petit pécule.

Justine ne lut jamais cette lettre, puisque le destin voulut que celle-ci arrive, une semaine après son départ de Bourges.

Étienne n'était plus de reste[63] avec Le Moine de Bienville, il avait remboursé son voyage. Une certaine amitié s'était forgée entre eux, et Bienville moyennant quelques écus, le sollicitait de temps en temps lorsqu'il partait en exploration dans les marécages, à la rencontre des indigènes. Ils visitèrent des villages Bayagoulas, Mobiliens, Oumas, Calapissas et Tounika avec qui, ils nouèrent de bonnes relations. Les sauvages rencontrés étaient craintifs, méfiants,

---

[63] - ne devait plus rien

certains plus hardis que d'autres, venaient toucher les uniformes et la barbe des soldats.

C'est au cours d'une de ces expéditions, qu'il fit la connaissance de Pieds Agiles, un jeune guerrier de la tribu des Oumas. Celui-ci, avide de curiosités, ne le quittait plus, et était devenu son guide. Ils communiquaient entre eux en faisant des dessins sur le sol, ou bien avec les mains, mais au cours du temps Étienne lui avait appris quelques mots de français, et lui-même arrivait à dialoguer dans leur langage. Leurs femmes se tressaient les cheveux et se noircissaient les dents comme les femmes Tounika. Leur nourriture était faite de galettes de blé d'inde, de citrouilles et de gibier.

Le seul hic était qu'il puait comme un démon, les sauvages avaient l'habitude de se couvrir le corps de graisse d'ours, un remède efficace contre les piqûres de maringouins.

Le 3 mai 1699, Iberville et Surgères, appareillèrent pour La Rochelle sur le *François* commandé par le marquis de Chateaumorant, laissant à ses deux frères le commandement du fort. Il restait au fort Biloxi, 70 hommes dont Étienne, 16 mousses et un aumônier débarqué d'un navire pour remplacer le père Douay. Il était hors de question de laisser la colonie sans homme d'église,

À peine arrivés à La Rochelle, Iberville et Surgères se rendirent à Versailles, où ils furent nommés chevaliers de Saint- Louis par sa majesté Louis XIV. Iberville convainquit le roi que le pays mississippien faisait partie maintenant du royaume de France. Il demanda l'autorisation de repartir le plus rapidement possible pour Biloxi avec du ravitaillement et des hommes, afin de peupler cette colonie naissante. Ce souhait lui sera accordé quelque temps plus tard, mais non sans une certaine réticence de la part du roi.

VII

Bourges, juillet 1699, Justine se tenait assise sur un banc de pierre près de la porte d'Auron. Elle aimait se retrouver là le soir, quand le soleil déclinait. Elle scrutait inlassablement le chemin d'Ysouldun, espérant apercevoir à l'horizon, la silhouette familière d'Étienne, revenant la chercher. Cela faisait bien seize longs mois, qu'il était parti. Les seules nouvelles de lui, étaient cette missive qu'elle avait reçue quatre mois après son départ. Il disait qu'il se trouvait à La Rochelle, qu'il pensait souvent à elle et qu'il allait bientôt embarquer sur un navire en partance pour la Louisiane. Elle n'avait de cesse de relire cette missive, qu'elle gardait serrée contre son cœur, sous sa chemise.

Elle n'avait plus le cœur à l'ouvrage, elle se morfondait de revoir Étienne, et se demandait s'il était arrivé sans encombre au Nouveau Monde.

Les histoires de pirates attaquant les navires contées par le Boiteux, lui revenaient souvent à l'esprit, et n'avaient rien de rassurantes. Le Boiteux ne descendait plus guère au bord de l'Auron, sa vieille blessure le faisait trop souffrir. Justine allait de temps en temps lui rendre visite rue des Armuriers, quand elle allait faire cuire des miches de pain chez le fournier Baudet. Un jour, voyant sa grande peine, le Boiteux lui fit écrire une lettre pour P'tit Jean, en demandant à celui-ci, de le prévenir du prochain voyage pour la Louisiane.

Depuis qu'Étienne était parti, la maison rue du Guichet semblait bien vide, les rires des enfants n'y résonnaient plus. Deux mois après le départ de celui-ci, la grand-mère, Marie la pieuse quittait ce monde pour aller rejoindre son mari au ciel.

Il s'en était passé des événements dans la cité berrichonne. La veuve Marta avait trouvé chaussure à son pied, elle s'était remariée avec un exempt qui lui serrait la bride et lui menait la vie dure.

— Elle n'a que ce qu'elle mérite, clabaudaient les lavandières du bord de l'Auron.

La grosse Margot quant à elle, avait perdu son mari à la mi-février. Celui-ci avait été retrouvé par la maréchaussée un matin de grand gel, ivre mort, allongé dans le caniveau au milieu des détritus. La froidure de la nuit lui avait été fatale et le lendemain, il passait de vie à trépas.

— C'n'est pas une grande perte, disait la mère Agathe, toujours aussi potinière.

Flavien Charion, un grand gaillard bâti comme son père, et sa femme Marguerite habitaient depuis leur mariage chez les Baudet, mais, ils s'y trouvaient à l'étroit, les six autres frères et sœurs de Marguerite, grandissaient et prenaient de plus en plus de place. Marcus le fils aîné de la fratrie devant remplacer Flavien au fournil, le couple décida d'émigrer en Louisiane, et d'y emmener Justine.

— À c'qu'on dit, ils ont besoin d'hommes qu'ont pas peur de la besogne. Il faut déboiser, défricher et abattre des arbres pour construire des maisons. Et moué, les arbres, j'connais, je les coupe en morciaux pour chauffer le fournil. Aimait répéter Flavien à sa femme.

Deux jours après la procession de l'Assomption, au moment du repas du soir, on frappa au heurtoir de chez les Baudet. C'était le Boiteux qui s'était déplacé spécialement pour apporter la missive tant attendue à Marguerite, la seule de la maisonnée qui sache lire.

— Alors ? dit le Boiteux au bout d'un moment, impatient de connaître la réponse à son courrier ; tu vas t'y enfin nous dire c'que raconte c'te lettre ?

Le silence avait envahi la pièce, on aurait pu entendre une mouche voler. Personne ne pipait mot, toute la maisonnée avait les yeux rivés sur la Marguerite, attendant patiemment qu'elle se décide enfin à parler.

— Ben…c'est un dénommé P'tit Jean qui dit qu'un navire partira fin octobre pour la Louisiane, lit-elle tout en déchiffrant péniblement la missive.
— Dans c'cas, si vous êtes toujours décidé, il vous faudra pas tarder et partir avant la fin du moué prochain répondit le Boiteux, après un moment de réflexion.

— Demain l'tantôt, j'vas prévenir la Justine annonça Flavien, ça c'est sûr qu'elle va être aux anges et qu'elle va retrouver le sourire.

Le lendemain, comme convenu Flavien se rendit rue du Guichet. Ses parents et son frère Jules étaient à leurs occupations, et Justine était seule dans la maison en train de ravauder la biaude de son père. Elle reçut la nouvelle avec grande joie, son visage s'illumina d'un sourire radieux et dans un élan de tendresse, bigea son frère de contentement.

Ils attendirent plusieurs jours avant d'annoncer la nouvelle à leurs parents. Ce ne fut pas chose facile, cela se passa au cours d'un repas familial, après que le père eu récité le bénédicité, c'est Flavien qui prit la parole.

— Comme le Marcus en tant qu'aîné des Baudet doit prendre ma place au fournil, j'avons décidé avec la Marguerite de partir en Louisiane avec Justine, pour rejoindre Étienne. À ce qu'y paraît, ils recherchent des défricheurs et des coupeux de bois.

La Blanche qui servait une écuelle de soupe à son mari, en resta figée, son visage se décomposa, sa main se mit à trembler et elle renversa une partie de la soupe sur la table.

Un silence oppressant accompagna ses dires. La soupe finie, voyant le père toujours silencieux, elle prit la parole.

— Après mon Étienne, v'là ben que mon grand fils et ma fille veulent s'en aller eux aussi chez les sauvages. C'est'y pas malheureux de voir partir ses enfants les uns après les autres, se lamenta-t-elle ; puis après une pause, elle reprit.

— C'est ben du tourment tout ça... Quoi donc avons-nous fait au Bon Dieu pour qu'il nous punisse d'la sorte ? Gémit-t-elle.

Marguerite, qui se trouvait près d'elle, lui dit tendrement.

— Mère, Jules restera avec vous, il nous l'a promis. Et puis, il va bientôt prendre femme, et vous aurez de beaux chicrots à vous occuper.

Le repas terminé, le père quitta la tablée sans avoir prononcé un seul mot, c'était sa façon à lui de montrer sa réprobation au projet de son fils. Il sortit de la maison, abattu, complètement anéanti. L'échine courbée, il partit vaquer à ses occupations. Le temps d'un repas, il avait vieilli de dix ans, tellement que sa peine était grande.

Le jour du départ, les adieux furent douloureux, la mère ne put retenir ses larmes, et le père serra fort ses enfants dans ses bras, comme jamais il ne l'avait fait auparavant.

— J'attendrons de vos nouvelles avec impatience et que la Sainte Vierge vous garde mes enfants dit la Blanche d'une voix chagrine.

Après un voyage épuisant et plus long que prévu, Flavien, sa femme et Justine arrivèrent en vue de la cité rochelaise deux semaines avant le départ des navires.

La première partie du trajet s'était effectuée sous une chaleur torride de fin d'été, puis il s'était mis à pleuvoir. Tous les jours en fin de journée, des orages éclataient. Un véritable déluge d'eau et de grêle, transformait les chemins en bourbiers, obligeant les voyageurs à se mettre à l'abri et à attendre la fin des intempéries.

P'tit Jean se mit en quatre quartiers pour les recevoir, il les accueillit comme s'ils étaient des membres de la famille. C'est dans la chambrette qu'occupait Étienne qu'ils dormiraient tous. Justine et Marguerite dans le lit et Flavien sur un grabat que le cabaretier avait installé le jour de leur arrivée.

Ils occupaient leurs journées à servir à l'heure des repas les ragoûts savoureux de la corpulente Flora, et à baguenauder dans les ruelles et sur les quais. Ils s'émerveillèrent de tout, d'un petit singe sur l'épaule d'un marin, d'un perroquet aux couleurs resplendissantes ou bien devant les étals couverts de marchandises venant de pays lointains.

Il n'y avait que Blandine qui soit ronchonne, elle regardait Justine d'un mauvais œil, et pour cause, elle voyait en elle une rivale.

Les trois berrichons firent la connaissance d'Iberville un soir que celui-ci vint dîner à la taverne avec Surgères.

— Ah ! Voilà donc cette Justine, dont nous a tant parlé Étienne. Dit-il.

— M'sieu le commandant, comment va-t-il ? Demanda-t-elle.

— Ma foi, la dernière fois que je l'ai vu, il se portait plutôt bien répondit-il.

— Dès demain, je vous inscris tous les trois sur le rôle des passagers de *la Renommée*, poursuit-il, çà, c'est sûr, il y en a un qui va être surpris de vous voir.

Le 27 octobre, à bord de *la Renommée*, accompagné de Surgères sur *la Gironde,* Iberville fait tirer le coup de partance pour la Louisiane. Les deux navires une frégate et une flûte, mettent à la voile, avec à leurs bords le chevalier de Rémonville, un jésuite, le père Du Ru pour remplacer le père Douay, une dizaine de sœurs grises, des soldats et une poignée de filles du roi[64]. Une cinquantaine de colons, paysans, charpentiers, charrons, forgerons seront aussi du voyage. La sainte barbe[65] avait été aménagée pour recevoir le bétail, vaches, veaux et porcs. Les volailles se trouvaient

---

[64] - filles à marier
[65] - local servant à entreposer du matériel d'artillerie

dans des cages solidement attachées sur la dunette. Avitaillement, semences et matériels divers emplirent les cales, sans oublier plusieurs barils de vin de Bordeaux pour les officiers ainsi que de la guildive pour les hommes. Par manque de place dans la sainte barbe, les colons occupaient une partie de la cale.

La traversée jusqu'à Saint-Domingue s'effectua par temps calme avec vent favorable, mais le lendemain du départ de l'île, une tempête tropicale se leva, des nuages d'une noirceur inquiétante s'accumulèrent dans le ciel, le jour et la nuit se confondirent. Ne présageant rien de bon, le capitaine du haut de la dunette ordonna aux officiers de faire fermer les écoutilles et de réduire la voile.

La *Renommée* et la *Gironde* s'éloignèrent l'un de l'autre de plusieurs encablures par sécurité. Une première bourrasque accompagnée de pluie s'abattit sur les navires. La houle se creusa, le vent forcit, jusqu'à ce qu'il soit impossible de se tenir debout. Même accroché aux filins, tout déplacement devint risqué. Les navires se couchèrent dangereusement sous l'assaut du vent et des vagues en furie. Venant de la sainte barbe les beuglements sinistres des vaches et des veaux effrayés vous fendaient le cœur. Les porcs poussaient des cris stridents qui vous transperçaient les oreilles. Des paquets de mer s'écrasèrent sur le tillac avec fracas, le recouvrant d'une écume blanche. Les navires se plaignaient, gémissaient, les coques craquaient de toute part. Le vent hurlait dans les mâtures dans un bruit assourdissant, rendant toute conversation impossible. L'homme de barre arc-bouté à la roue, les deux pieds écartés, luttant contre le vent, s'efforçait de garder le cap. Des cages de volailles, mal amarrées, étaient emportées comme des fétus de paille dans les flots. Une vague immense venant des profondeurs de l'océan, atteignit la dunette et faillit emporter avec elle l'homme de barre.

Quelques heures plus tard la tempête s'essouffla, le pire était passé, le temps redevint plus clément. Les nuages s'éclaircirent et laissèrent apparaître des lambeaux de ciel bleu. On s'étonna même qu'il fasse encore jour, tellement que le temps passé enfermé dans la cale paru long. L'homme de barre épuisé, avait été remplacé, et les écoutilles rouvertes. Tels des zombies sortant d'un tombeau, les colons remontaient un par un sur le tillac pour prendre l'air et se dégourdir les jambes. Un mélange de sueur, d'urine et de vomi avait rendu l'air de la cale irrespirable. La plupart des colons malades, croyant leur dernière heure arrivée, avaient passé le temps à prier. Allongés sur le sol, au milieu des pots à pisser renversés par le tangage, ils avaient vomi à n'en plus finir leur dernier repas fait de pois et de morue salée.

Flavien était le seul des trois Berrichons à ne pas avoir été malade, il s'était donc occupé tant bien que mal de sa femme et de sa sœur pendant toute la durée de la tempête. Ils sortirent sur le tillac d'un pas mal assuré, le visage hagard, le teint blafard, et tous les trois aspirèrent de grandes bouffées d'air frais qui les ravigotèrent en un rien de temps.

Par chance, les deux navires ne subirent aucun dommage, mais un colon avait été blessé en voulant calmer le bétail. Il s'était retrouvé coincé entre deux vaches et, sans l'intervention de son fils, il ne serait sûrement plus de ce monde.

Les gabiers étaient déjà dans la voilure à déferler la grand-voile et la misaine, et les matelots tiraient sur les drisses au rythme de retentissants Ho ! Hisse !

Le 9 février 1700 au petit matin, la vigie du haut du nid de pie, annonça terre en vue. C'était la baie de Biloxi qui se profilait à l'horizon. Une effervescence s'empara alors des navires, les colons alertés par le va-et-vient inhabituel des matelots, se ruèrent sur le tillac.

— Regardez là-bas, c'est la terre ! dit Flavien en s'adressant à sa femme et à sa sœur, tout en montrant du doigt la ligne d'horizon.

— C'est'y la Louisiane ? demanda Justine.

— Ma foué ! J'en sais trop rien ! lui répondit Flavien.

Une poignée d'heures plus tard, *la Renommée* et *la Gironde* mirent en panne et lâchèrent les amarres au milieu de la baie, non loin de *la Badine* et du *Marin*.

Presque toute la colonie était sur la grève pour accueillir les nouveaux arrivants. Des autochtones à moitié nus et emplumés avaient mis leurs canoës à l'eau, et venaient à la rencontre des navires, tout en poussant des cris d'orfraie.

Alors commença le va-et-vient des chaloupes jusqu'à la plage. Iberville et Surgères furent les premiers à mettre pied à terre, suivi des soldats puis des colons. Enfin, ce fut le tour du bétail, des vivres et du matériel. Iberville alla embrasser ses deux frères, Sauvole et Bienville, et leur demanda des nouvelles de la colonie. Ensuite, il s'empressa de distribuer le courrier tant attendu. Apercevant Étienne, qui revenait de la chasse avec son ami sauvage de la tribu des Houmas, il l'interpella.

— Tu n'as pas de courrier, mais vas vite sur la grève, une surprise t'y attend, lui cria-t-il.

Dix-huit mois de voyage et d'aventures avaient transformé Étienne, il était méconnaissable, ce n'était plus le jeune homme glabre et puéril qui servait la soupe le midi et le soir au *Chat Borgne*. Il était devenu un homme robuste, à la peau tannée par le soleil, sa barbe avait poussé et ses cheveux descendaient sur les épaules. Les Oumas le surnommaient l'homme bâton, en faisant allusion à son bâton qui ne le quittait jamais.

Sur la plage était entassé bon nombre de cages à poules, des sacs de semence, des barils de vin et de cidre, et toutes sortes d'outils pour travailler la terre et le bois. Tous ces vivres et tout ce matériel allaient remplir les magasins du fort.

Arrivant près du rivage, il aperçut, au milieu du remue-ménage causé par le déchargement des navires, deux personnes assises sur des sacs et un homme marchant de long en large devant elles. Cette silhouette et cette démarche lui semblaient familières, s'approchant un peu plus, il crut reconnaître Flavien.

— Non c'est'y pas Dieu possible, se dit-il, j'ai la berlue.

Il allongea le pas, son rythme cardiaque s'accéléra, au passage, il bouscula un marin transportant un sac de pois sur l'épaule. Celui-ci faillit se retrouver les quatre fers en l'air, et lui lança une bordée d'injures. Étienne se mit à courir, l'homme le voyant arriver et l'ayant reconnu, vint vers lui d'un pas rapide.
Les deux jeunes hommes se jetèrent dans les bras l'un de l'autre, heureux de se retrouver.

— Flavien !
— Étienne !
— Mais que fais-tu là Flavien ?
— Regard' donc ce que j't'amène dit-il en tournant la tête dans la direction de sa femme et de sa sœur.
— Vain Dieu, c'est'y pas vrai, ma Justine et la Marguerite.

Les deux jeunes femmes qui étaient restées assises, se levèrent, et vinrent à leur rencontre. Voyant ce grand gaillard approcher avec Flavien, Justine eu un moment d'hésitation, avant de reconnaître Étienne, son cœur se mit à battre la chamade, et elle s'élança vers eux, suivie de la Marguerite, elles se jetèrent toutes les deux dans ses bras.

— Oh ! Vous allez m'étouffer s'écria-t-il.

— J'attendais ce moment-là depuis si longtemps, balbutia Justine au milieu de rires et de larmes.

—J'suis ben aise de vous voir tous ici dit-il.

Se libérant des étreintes des deux jeunes femmes, il prit Justine par la taille et, la soulevant de terre, lui donna un bécot.

— T'es pas ben lourde ma Justine, t'es aussi sèche qu'un péssiau[66] dit-il en riant tout en la reposant délicatement sur le sable, il va falloir que tu te remplumes ! Dès demain, j'irais tuer un coq d'inde[67] dans la forêt !

— J'vas vous montrer ma masure, vous vous installerez tous là, en attendant que le Flavien construise la sienne. Mais avant, donnez-moi des nouvelles du pays.

— Les parents, comment se portent-ils ?

— Ils vont bien. Répondit Flavien, mais j'avons grands remords de les avoir contristés[68] par notre départ.

— Et mère-grand ?

— La Marie nous a quittés trois moués après ton départ, un beau matin, elle ne s'est point réveillée ! Depuis queuqu' jours déjà, elle marmonnait qu'elle allait bentôt rejoindre son mari au ciel.

— C'est ben triste tout ça, c'était une sainte c'te femme-là, dit Etienne en baissant la voix.

La liseuse de main ne m'a donc pas raconté de mentes se dit-il, tout en ayant souvenance des paroles de la diseuse de bonne aventure ! Ses prédictions se sont bien réalisées.

---

[66] - un échalas/piquet en bois
[67] - dindon
[68] - causer une grande tristesse

Arrêtons là nos bavardages, il est grand temps de récupérer vos affaires et de vous installer cheu moi, heu… je veux dire cheu nous ! Rectifia-t-il tout en regardant Justine avec un grand sourire.

La maison d'Étienne n'était qu'une simple cabane en bois qu'il avait construite avec l'aide de Pieds Agiles. Le toit en était recouvert de feuilles de latanier, et elle comportait deux pièces dont une servait de chambre. Deux ouvertures en guise de fenêtre, fermées par une toile de jute afin d'éviter, le soir venu de se faire dévorer par les maringouins. Les arbres utilisés pour sa construction, des cyprès, venaient de la forêt toute proche.

Le soir même, un repas fut organisé pour fêter le retour des navires. À la fin du repas bien arrosé, un violoneux égrena quelques notes, puis il se mit à jouer des airs à danser. Il y avait comme un petit air de France dans ce coin perdu de la Louisiane. Oubliée, la fatigue du voyage, les colons revigorés par la ripaille et la musique se mirent à gambiller. Les célibataires invitèrent les filles à marier, et Étienne prenant Justine par la main l'entraîna au milieu des danseurs pour une bourrée.

Les sœurs grises tenues à l'œil par le père Du Ru tapaient du pied au rythme saccadé de la musique. Elles regardaient avec envie tout ce beau monde virevolter et sauter au son du violon.

Une cabane leur était réservée, une simple cabane en bois sans aucun confort, servant à la fois d'habitation et d'hôpital. Elles pourront à leur guise donner des remèdes et y prodiguer des soins aux malades et aux nombreux blessés de la colonie.

Les offices religieux se tenaient au milieu de la cour du fort, où une croix avait été plantée. Au cours du prêche, le père Du Ru ne manquait jamais de rappeler que les femmes devaient procréer de nombreux enfants afin de peupler la colonie.

Marguerite se sentait visée par ses propos, pendant la traversée, l'homme en noir lui avait assez rabâché que la colonie n'avait que faire d'une femme qui ne pouvait engendrer d'enfants. Elle se sentait coupable, ce n'est pas faute de ne pas avoir essayé, elle avait déjà fait trois fausses-couches, au cours des deux dernières années.

Pendant son prêche, le prêtre houspillait aussi les hommes qui s'égaraient dans la débauche avec des sauvagesses aux mœurs légères. Celles-ci changeaient facilement de couches, au gré de leur fantaisie.

Cette première nuit passée en Louisiane fut très courte. Après les festivités, ils discutèrent une bonne partie de la nuit du pays. Étienne voulait avoir des nouvelles de tous, de son frère Jules, du Boiteux, des cousins Leloup, de P'tit Jean, et les nouveaux arrivants tout connaître sur ce nouveau pays.

— Je ne comprends pas dit Étienne, Justine, je t'ai écrit que je ne pourrai point venir te chercher pour le moment, car les conditions de vie étaient trop pénibles.

— J'avons point reçu de nouvelles de toi depuis ton départ de La Rochelle. C'est'y que t'es fâché de me voir ? répondit-elle d'une voix chagrine.

— C't'affaire, ben sûr que non, toutes les nuits, je rêve de toué, et prie le Bon Dieu de t'avoir près de moué. Ce vœu s'est réalisé, et à c't'heure, je peux enfin te serrer dans mes bras.

Le lendemain matin, Justine fit la connaissance de Pieds Agiles, il était assis devant la porte d'entrée.

113

Là où se trouvait Étienne, Pieds Agiles n'était jamais bien loin, il ne le lâchait pas d'un mocassin. De temps en temps il lui arrivait de disparaître plusieurs jours, pour rejoindre sa tribu dont le campement se trouvait à trois lunes de canoë du fort, mais il revenait toujours.

À sa vue, il se releva et se dressa droit devant elle, il portait un vieux pantalon qu'Étienne lui avait donné, avec une sarbacane glissée dans la ceinture, et dans sa chevelure pendait une plume d'oiseau. Les bras croisés sur son torse nu, la tête haute, la fixant droit dans les yeux, il la regardait d'un air altier, sans prononcer une seule parole. Justine mal à l'aise détourna son regard de lui. Prise de panique devant ce drôle de personnage qui dégageait une odeur à faire fuir un putois, elle rentra précipitamment dans la cabane.

Voyant Justine complètement affolée, Étienne sortit, et comprenant le pourquoi de sa peur, éclata de rire.

— Ne sois pas effrayée ma Justine, ce n'est que Pieds Agiles, il ne te fera point de mal, il vient me chercher pour aller à la chasse.

Il chassait souvent avec son sauvage. Tôt le matin, quand la chaleur n'était pas encore étouffante, ils partaient tous les deux en canoë. Étienne aimait ce moment où le canoë au rythme lent des pagaies semblait glisser sur l'eau verte parsemée de jacinthes d'eau. Au fur et à mesure qu'ils s'enfonçaient à l'intérieur du bayou, l'enchevêtrement des racines des arbres, rendait la progression difficile, jusqu'à devenir impossible. Ils quittaient alors leur embarcation, et partaient à pied. Leurs pas s'enfonçant dans la vase faisaient émerger des nuées de maringouins qui aussitôt se ruaient sur eux. Ils ne revenaient jamais bredouilles, coqs d'inde et outardes tapissaient toujours le fond du canoë,

Le père Du Ru voyait d'un très mauvais œil la présence de Justine chez Étienne, et il lui en fit la remarque plusieurs fois pendant les jours à venir. Il fallait absolument qu'ils se marient le plus rapidement possible, avant de s'attirer les foudres du Seigneur disait-il.

Plusieurs lunes plus tard, un dimanche matin, jour du Seigneur, le père Du Ru accompagné des aumôniers des navires, prononça le mariage des filles du roi et celui de Justine Charion avec Étienne Deugène. Etienne Deugène est le nom que Bienville avait inscrit sur le rôle d'équipage, le jour de son embarquement à La Rochelle. C'est ainsi que le 21 février 1700 la branche des Deugène pris naissance dans un fort royal en bordure du golfe du Mexique. La cérémonie se déroula en toute simplicité, en présence de Le Moine d'Iberville, premier gouverneur de la Louisiane, de ses deux frères Bienville et Sauvole, de tous les officiers, et des colons qui pour l'occasion avaient sorti leurs plus beaux habits.

Pieds Agiles et une dizaine de sauvages Pascagoulas se tenaient à l'écart tout en contemplant silencieusement ce rituel qui leur était inconnu.

Il s'ensuivit deux jours de festivités et de bombance pour célébrer cet événement. On tua pour l'occasion plusieurs cochons et des volailles, et l'on mit en perce un baril de cidre. À la fin du repas, la guildive circula de table en table, le violoneux sortit son instrument, et la colonie dansa la bourrée et la gigue jusqu'à ce que les jambes n'obéissent plus.

Les premiers jours, ils furent émerveillés par la découverte de tant de nouvelles choses. Fleurs, fruits, animaux, paysages, tout était nouveau, mais au bout de plusieurs semaines vint le moment de la désillusion, la réalité les rattrapa. Ce n'était pas le paradis que l'on leur avait fait miroiter, tout était à faire dans ce pays, et les dangers multiples.

À son retour de son troisième voyage, en 1701, Iberville apprit la mort subite de son frère Sauvolle. Cette même année, il entreprit la construction du fort Saint-Louis près de la rivière Mobile. 80 maisons en bois, une chapelle, une forge et un four à briques furent construits. Saint-Louis de Mobile, devint la capitale de la Louisiane jusqu'en 1720.

Dans les années qui suivirent, les colons eurent droit à leur lot de misère et de privation. Les navires qui n'arrivaient pas, le manque de nourriture, inondations, cyclones, tempêtes tropicales et, comble de malheur en 1704, le mal de Siam[69] apporté par *le.Pélican,* un navire arrivant de Cuba enleva une trentaine de personnes.

En 1710, le fort fut détruit par un débordement du fleuve Mobile. Puis, il y eu une nouvelle épidémie de mal de Siam contractée par des colons français et leurs esclaves noirs arrivants de Saint-Domingue.

Le Moine de Bienville devenu gouverneur, entreprit en 1718 la construction de la Nouvelle-Orléans dans une boucle du Mississippi, à proximité du lac Pontchartrain, mais elle ne devint la capitale de la Louisiane qu'en 1723. Une agglomération faite de maisons en bois de cyprès aux rues rectilignes formant un quadrillage, entourant une place d'arme carré, au fond de laquelle avait été édifiée une église dont le porche était orienté face au fleuve.

---

[69] - fièvre jaune

VIII

En l'an de grâce 1756, sous le règne de Louis XV dit Louis le Bien-Aimé, un homme âgé aux cheveux poivre et sel, assis dans un fauteuil en bois, somnolait à l'ombre d'une terrasse à colonnes. Un vieux chien au pelage roux était couché à ses pieds. Une brise venant du sud, rendait la chaleur torride de ce mois de juin, tout juste supportable.

La terrasse était accolée à une grande demeure chaulée de blanc se situant sur une hauteur au bord du bayou Tèche, et à l'abri des débordements de celui-ci. Derrière l'habitation, se trouvaient un poulailler et un grand potager qu'une barrière protégeait de l'intrusion des animaux. À une cinquantaine de pas de là, quatre cabanes en bois au toit recouvert de feuilles de latanier servaient de logement à deux familles d'esclaves. Quelques pacaniers protégeaient, tant bien que mal, le baraquement du soleil.

Au pied de l'un d'eux, était attachée une chèvre dévorant des épluchures de légumes.

À l'arrière des cabanes, dans un marécage asséché il y a déjà plusieurs années, poussait de la canne à sucre que côtoyait une plantation d'indigotier. Au milieu des cabanes, plusieurs enfants de couleur ébène, assis sous le feuillage protecteur d'un magnolia en fleur, jouaient en silence pour ne pas déranger le maître.

Le bruissement des feuilles des cannes à sucre, agitées par un léger vent se faufilant entre les tiges, rendait ce lieu paisible et reposant. Un endroit où il faisait bon vivre.

Le soleil avait déjà commencé sa descente sur la végétation luxuriante du bayou, quand soudain, le chien se redressa en grognant, les poils du dos hérissés.

Deux embarcations venaient d'accoster non loin de là, en contrebas d'une allée bordée d'hibiscus. Plusieurs hommes, femmes et enfants en étaient descendus et se tenaient debout sur le ponton en bois de cyprès de la propriété. Un homme quitta le groupe pour se diriger vers le vieillard. Intrigué et méfiant comme le sont les gens de la campagne à la vue d'un étranger, celui-ci se leva, prit son bâton qui lui servait de canne et, son chien sur les talons, alla d'un pas lent à sa rencontre.

— Qu'est-ce qui vous amène a c't'heure ? demanda-t-il au nouvel arrivant.

— Nous sommes à la recherche d'un dénommé Étienne d'Eugène, le fils du falotier de Bourges. Au poste des Atakapas, on nous a dit qu'il habitait au bayou Tèche.

En entendant ces mots, sa mémoire lui fit resurgir une foule de souvenirs, sa tête se mit à tourner, et il faillit défaillir. Il y avait des lustres qu'il n'avait plus entendu parler du vieux pays. Les seules nouvelles qu'il avait reçues annonçaient à chaque fois un décès. Ce fut d'abord celui du

Boiteux, puis celui de son père Eugène Le Fort, suivi six mois plus tard par celui de Blanche, qui, après la mort de son mari, s'était laissée mourir à petit feu.

La dernière missive reçue datait déjà de plus de cinq années, elle venait de la femme de Jules, annonçant que celui-ci avait été mis en terre une semaine plus tôt.

Reprenant ses esprits, il répondit.

— C'est moé Étienne Deugène, on vous a bien renseigné. Mais qui êtes-vous donc pour savoir que je suis le fils du falotier de Bourges ?

— Ma foué, c'est mon père Adrien Boidin qui me l'a raconté, d'après ses dires, vous êtes venus à notre secours sur le vieux continent, quand nous avons été attaqués par une bande de malandrins. Moi, je suis Adelphe, et ma sœur Violaine est là-bas, avec son mari Melchior Caillet, ma femme Anne et nos enfants, dit-il en tournant la tête vers la rive du bayou.

Sur le ponton, attendaient trois adultes et cinq enfants en bas âge attifés de haillons, le visage décharné par le manque de nourriture et les privations. Ils avaient l'air exténués et faisaient pitié à voir. Bien que la chaleur soit encore forte, le plus jeune des enfants, fiévreux, grelottait dans les bras de sa mère. À leurs pieds était posé de misérables baluchons, les seuls biens qu'ils eussent pu emporter lors de leur exil d'Acadie.

— J'en ai souvenance comme si c'était hier, du jour où des brigands voulaient vous dévaliser. Vous n'étiez alors que des enfants. Sûr qu'à c't'heure, je ne vous aurais point reconnu, il y a tellement longtemps de cela. J'étais jeune et plein de fougue, maintenant, je ne suis qu'un vieillard radoteux. Je suis ben aise de vous voir, et ma demeure vous est grande ouverte. Vous pourrez vous y reposer et reprendre des forces. Dit-il d'un ton affable.

— Grand merci monsieur, mon père m'a toujours dit que vous étiez honnête et généreux.

— Faites venir votre famille dans la maison, j'vas vous faire servir des rafraîchissements, et après vous me raconterez ce qui se passe vraiment en Nouvelle-France.

Ils furent accueillis par une vieille femme qui, entendant des bruits de voix, était sortie sur le pas de la porte. Elle portait des vêtements élégants et un chapeau de paille à la dernière mode de la Nouvelle-Orléans.

—Justine, devine qui est là ? C'est la famille Boidin, les Acadiens dont je t'ai souvent parlé.

La fille du falotier avait bien changé, elle approchait maintenant des octante ans et s'aidait d'une canne pour marcher. Les années avaient modifié sa silhouette, mais elle avait toujours le visage parsemé de taches de rousseur, ses cheveux rassemblés sur le dessus de la nuque étaient devenus blancs comme neige, et son buste s'était voûté. Malgré son grand âge, c'était toujours elle la maîtresse de maison, et c'est elle qui donnait les ordres aux domestiques.

— Mon Dieu, dans quel état sont-ils ? Ils n'ont que la peau sur les os et ils sont couverts de piqûres de maringouins. Venez vite à l'ombre, vous êtes aussi cramoisis que des écrevisses.

Puis, s'adressant à un noir qui se trouvait près d'elle.

— Joseph, va dire à Rose qu'elle nous apporte des rafraîchissements et qu'elle prépare à manger.

— Oui Maîtresse répondit Joseph en s'exécutant.

Joseph et Rose étaient un couple d'esclaves que les Deugène avaient affranchi. Lui s'occupait du jardin et de l'entretien extérieur de la demeure, Rose de la cuisine et du ménage. D'origine du Bénin, ils avaient été faits prisonniers par une tribu rivale qui les avait échangés contre des pacotilles à un négociant d'esclaves. Transférés sur l'île de Gorée, ils attendirent pendant deux longs mois de maltraitance avec un seul repas par jour au milieu d'autres noirs, le navire d'un armateur bordelais en partance pour Saint-Domingue. Enchaînés et enfermés à fond de cale dans le ventre d'un navire, entassés les uns sur les autres, au milieu d'excréments et de vomissures, ils survécurent au voyage.

Une fois arrivés sur place, ils furent vendus aux enchères à un planteur de canne à sucre. Plusieurs années plus tard, ce planteur et sa famille quittèrent avec bagages et esclaves l'insécurité de leur île pour la Louisiane. Se retrouvant à la Nouvelle-Orléans, ils furent vendus aux Deugène qui l'année suivante, les affranchirent. Les Deugène étant de bons maîtres, ils ne quittèrent jamais la plantation.

Un jour, un jeune esclave s'échappa de la plantation, mais personne n'alla à sa recherche, il revint trois jours plus tard, penaud et affamé,

Les Deugène ne maltraitaient pas leurs esclaves, contrairement à certains colons qui n'hésitaient pas à lancer leurs chiens aux trousses des fuyards. De retour à la plantation, les fers aux pieds, ils avaient droit au fouet devant tous les esclaves réunis.

Quelques instants plus tard, Rose apporta sur un plateau des verres et un broc rempli d'une boisson délicieusement sucrée et aromatisée.

Justine s'adressa à Rose tout en lui montrant l'enfant qui auparavant avait été allongé sur un canapé.

— Le p'tit n'est pas bien. Il a dû prendre un coup de chaleur et il a de la fièvre. Peux-tu faire quequ' chose pour lui ?

Rose était une femme à l'embonpoint conséquent et au visage agréable qu'enjolivait un large sourire. Sa figure aussi noire que de l'ébène, faisait ressortir de belles dents blanches. Elle avait élevé tous les enfants des Deugène, cinq en tout, trois garçons et deux filles. L'aîné des garçons, marié avec la fille d'un riche planteur d'indigo, s'occupait de la plantation et les quatre autres, vivaient maintenant à la Nouvelle-Orléans.

Elle s'approcha de l'enfant, un bambin blond comme les blés et à la face aussi rouge qu'un coquelicot. Tout en lui souriant, elle s'agenouilla auprès de lui et ôta avec délicatesse le châle qui l'enveloppait.

— C'n'est rien p'tit, Mama Rose va t'enlever l'mal, lui dit-elle d'une voix rassurante avec un fort accent créole.

C'est alors qu'elle posa ses deux mains sur le dessus de la tête et, fermant les yeux, elle marmonna des paroles inintelligibles tout en se balançant d'avant en arrière. Un moment plus tard, elle ôta ses mains puis les leva vers le ciel, en soufflant dedans.

Ces paroles qu'elle récitait tout bas, c'était le sorcier de son village natal qui lui avait appris, quand elle était jeune et libre, il y a déjà bien des lunes. Le sorcier l'avait désignée pour devenir prêtresse de son village, et lui avait donné le don de guérir. Cela s'était passé au cours d'une cérémonie dans la grande case, un jour de pleine lune et en présence de tout le village. Une grande partie de la nuit, les femmes ont dansé autour du feu, au rythme envoûtant des tam-tams et des chants sacrés.

— Voilà Maîtresse, le p'tit va mieux ! annonça-t-elle en retournant à ses occupations.

Violaine, la mère de l'enfant s'approcha et constata avec bonheur que celui-ci n'avait plus de fièvre, et que son visage était enjolivé par un sourire radieux.

— Que Dieu bénisse cette sainte femme ! dit-elle en faisant un bécot à son bambin.

Melchior, qui n'avait dit mot depuis son arrivée prit alors la parole.

— Ben vrai, nous autres, nous n'avons pas l'habitude de cette chaleur. Cheu nous au pays, la froidure perdure une longue partie de l'an, mais l'été y est bien agréable, et les récoltes abondantes.

Il parlait d'une voix lasse, sa voix était celle d'une personne déprimée, complètement anéantie.

Le soir venu, tout le monde s'installa autour d'une grande table recouverte d'une nappe blanche. Le repas débuta par la dégustation d'écrevisses, suivi d'un savoureux gumbo[70] que Rose avait préparé. Les fenêtres laissées ouvertes, laissaient passer un courant d'air bienfaisant. Au gré des flammes vacillantes des lampes à pétrole et des bougies, des ombres fantomatiques se mouvaient sur le plafond et sur les murs parsemés de tableaux. Une fois le repas terminé et les enfants couchés, les adultes se retrouvèrent au salon, assis confortablement dans des fauteuils.

La pénombre de la pièce, ne leur permit pas d'admirer la beauté de l'endroit. Une magnifique bibliothèque occupait tout un pan de mur. Les étagères supérieures croulaient sous

---

[70] - sorte de ragoût

les livres, et sur celles du dessous, y était posés de nombreux objets bizarres, les présents de leurs amis indiens.

Sur un guéridon, près d'une fenêtre, se trouvait une bouteille de vieux rhum et six verres ciselés, venant de France.

Aux murs étaient accrochés des portraits de famille, principalement d'enfants. Au milieu de tous ces portraits, se trouvait celui d'un sauvage portant une sarbacane à la ceinture. C'était celui de Pieds Agiles, l'ami fidèle des Deugène, il avait été tué en 1720, au nord du lac Pontchartrain, lors d'un affrontement contre les Natchez, les alliés des Anglais.

Adelphe, ravigoté par ce festin, entreprit le récit de leur périple depuis leur départ forcé d'Acadie.

— Après le traité d'Utrecht de 1713, les Anglais ont occupé l'Acadie qui était devenue la Nouvelle-Écosse. Nous étions heureux au pays, certes les hivers étaient rigoureux, mais la terre y était généreuse, et les godons nous laissaient tranquilles. Jusqu'au jour, où un nouveau gouverneur fut nommé, Charles Lawrence. Celui-ci exigea que tous les Acadiens prêtent serment d'allégeance à la couronne d'Angleterre. Voulant rester neutre dans le conflit qui opposait les deux royaumes, la plupart des Acadiens refusèrent.

Le sinistre Charles Lawrence décida alors de chasser tous les Acadiens de la province, et de céder leurs terres à des colons anglais. Nos fusils et nos embarcations furent confisqués, puis à l'automne dernier, de nombreux navires anglais mouillèrent dans la Baie-Française, ce qui ne présageait rien de bon. Les prêtres et missionnaires furent arrêtés et emprisonnés. Des patrouilles anglaises nous chassèrent de nos maisons et nous rassemblèrent aux abords de l'église de Grand-Pré. Tous nos animaux furent confisqués, les habitations et les moissons brûlées, même les églises furent détruites par le feu.

Un silence s'ensuivit sur ses derniers dires puis, ne pouvant plus contenir sa colère, il s'emporta.

— Que la peste étouffe ces maudits Anglais !

Voyant des larmes couler le long des joues de sa sœur Violaine et de sa femme Anne, toutes deux, bien attristées par les évocations de leur exil, Adelphe fit une pause.
Rose mit à profit cette interruption pour apporter discrètement des rafraîchissements à l'assemblée.
Quelques instants plus tard, s'étant désaltéré d'un verre d'eau fraîche, Adelph poursuivit le déroulement de son récit.

— Ce sont ben de tristes moments que nous avons vécus. Les gens étaient dispersés, les marmots pleuraient, des femmes se lamentaient, d'autres priaient, les hommes essayaient tant bien que mal de regrouper leur famille. Ils en arrivaient de partout sous bonne escorte, de la Rivière aux Canards, du Bassin des Mines, des centaines de gens se retrouvèrent à Grand-Pré. Par chance, notre famille ne fut pas dispersée. Deux jours plus tard, entourés par les tuniques rouges, nous avons été dirigés vers la grève, où nous attendaient des embarcations. Puis, il y eut ce va-et-vient de barques surchargées d'exilés, jusqu'aux navires, dans lesquels nous nous sommes retrouvés entassés à fond de cale, ne sachant pas où nous allions. Notre navire était le *Jolly Philip,* et transportait une centaine d'émigrés. Par une fente dans la coque, nous pouvions apercevoir les flammes de nos maisons en feux. Une fois en mer, un marin céda à nos supplications et nous apprit que notre destination était la Géorgie. La traversée fut terrible ! La pénurie de nourriture et d'eau, l'insalubrité et les maladies, furent fatales à plusieurs d'entre nous. En décembre, nous arrivâmes à Savannah en Géorgie, contents de mettre enfin pied à terre. Une fois sur le sol de la colonie anglaise, notre souhait le plus cher fut de rejoindre le plus rapidement possible, la Louisiane, terre française. Après trois mois de rude labeur dans des plantations où nous étions plus mal traités que les esclaves noirs, nous avons repris notre baluchon et sommes partis sur les pistes pour la Louisiane.

Un colon bienveillant nous indiqua la bonne direction, et il nous a fallu deux mois de marche pénible sous la chaleur à suivre des rivières et à patauger dans des marécages saumâtres infestés de maringouins et de serpents. En cours de chemin, alors que nous étions perdus au milieu de nul part, et complètement désespérés, nous avons rencontré un dénommé le Tourangeau, un grand et rude gaillard, qui se disait coureur de bois. Celui-ci allait en Louisiane vendre ses peaux. À notre demande, il a bien voulu que nous l'accompagnions et être notre guide. À c't'heure, si nous ne l'avions pas rencontré, nous ne serions pas là assis dans votre salon.

Nous avons suivi des pistes connues de lui seul, dormi chez des sauvages et traversé d'immenses forêts, dont les cimes des arbres se rejoignaient, pour enfin arriver à Fort Saint-Louis. Mais là, aucun des colons ne vous connaissait et on nous a dit d'aller chercher à Nouveau-Biloxi. Une fois sur place, nouvelle déception, personne n'avait souvenance de vous, et que c'était à la Nouvelle-Orléans qu'il fallait se renseigner. Sans plus attendre, nous avons repris nos baluchons et sommes partis pour la Nouvelle-Orléans. Par chance, à peine arrivés, nous avons rencontré quelqu'un qui avait fait affaire à des Deugène. Cette personne charitable, nous trouva deux canoës et un guide indigène pour rejoindre le poste des Atakapas, et une fois sur place, le chef de poste nous envoya dans le bayou Tèche.

Et c'est comme ça que nous sommes là, et ben aise de vous y avoir retrouvé.

Justine qui était restée silencieuse pendant le récit d'Adelphe, déclara.
— Pauvres gens, c'est'y pas malheureux une misère pareille. Vous pourrez rester ici le temps qu'il faudra, on va bien s'occuper de vous tous.

Ils étaient las de fuir et de courir les chemins. Ils avaient bien songé à un moment à retourner sur le vieux continent, mais là-bas, ils n'avaient plus de famille et ne connaissaient personne. Ils décidèrent donc de déposer une fois pour toutes leur baluchon ici en terre de Louisiane.

Les Boidin et les Caillet ne repartirent jamais en Acadie, ils s'établirent pour toujours au bord du bayou Lafourche et devinrent de vrais Cajuns.

De 1755 à 1763 près de 10 000 Acadiens, hommes, femmes, enfants et vieillards furent déportés vers les treize colonies anglaises et l'Angleterre. Certaines colonies hostiles aux papistes, refusèrent de les recevoir, plusieurs navires pris dans des tempêtes, firent naufrage. En Angleterre, sur les 1 200 prisonniers acadiens, n'ont survécu que 800 d'entre eux.

Ces Acadiens ont subi un véritable génocide de la part des Anglais. Ils ont été rejetés hors de chez eux, déportés, emprisonnés, maltraités, exploités, des familles entières ont été séparées. Quelques-uns seulement réussirent à échapper aux rafles et se réfugièrent dans les forêts ou bien chez les Micmacs, alliés des Français. D'autres se dirigèrent vers Québec et certains embarquèrent pour l'île Saint-Jean.

Cette période appelée **le Grand Dérangement**, est toujours très présente dans l'esprit des Acadiens.

De nos jours, l'Acadie n'existe plus en tant que territoire, mais le peuple acadien est toujours là, présent au Canada, et dans plusieurs États des États-Unis, surtout en Louisiane, ainsi qu'en France. Avec sa fête nationale le 15 août, son drapeau tricolore avec une étoile jaune représentant la Vierge Marie, sa langue, sa culture et le congrès mondial acadien qui réunit tous les cinq ans les Acadiens du monde entier, l'identité acadienne est bien réelle.

DOCUMENTATION

Bibliographie

- Vieille Amérique – La Louisiane au temps des français
  Georges Oudard –   Plon – 1931
- Histoire des États-Unis (les grandes études historiques)
  Firmin Roz –   Fayard – 1930
- Le roman du Mississippi
  Bernard Pierre –   France Loisir – 1984
- Histoire des États-Unis
  Robert Lacour – Gayet -   Fayard-1976
- L'Europe à la Conquête de l'Amérique
  Raymond Cartier -   Plon-1956
- Mœurs et histoire des peaux rouges
  René Thévenin – Paul Coze -   Payot-1981
- Histoire des Acadiens
  Bona Arsenault-   Fides-2009

Site internet
www-biographi.ca/fr/bio/lemoined'ibervilleetd'ardillères

Parus chez Clairdeplume34

Romans policiers : collection clair'obscur

Véronique Terny-Lecigne
Meurtre au chant des vagues
Maurice Nougaret et Michel Lemaire
La folie des hommes
Etat de choc
Maurice Nougaret
Que meurent les pécheresses
Marco Libro
Treize lunes de sang
OMERTA 69
Bernadette Dubus
Le sang de la miséricorde
Sous les pavés la plage est rouge
Panique sur les quais
L'Ombre des prédateurs
Quel qu'en soit le prix
Femmes hors contrôle
Les pieds dans le plat (humour)

Recueils de poésies : collection Plum'envol

Coucher de soleil sur la mer   Joseph Teyssier
Bois brut suivi de Dune   Jean-Christophe Moussiegt
Entendez-vous cette chaleur jaune Laetitia Gand
Tant qu'il y aura des mots   Sylvie Rispoli
Des mots pour dire la vie   Sylvie Rispoli
Memoria   Angela Nache-Mamier
Des peaux aiment   Bernadette Boissié Dubus

Romans d'aventure : collection plum'vagabonde

Maurice Nougaret
1361... Du sang et des larmes
Reconquista
Un morceau de toile cirée
L'espion du Châtelet
Demi-tour nord du Mont-Blanc   Alain Campos
Bernadette Boissié-Dubus

Le preta de l'île singulière
Le preta de l'île singulière tome 1 : les noces sacrilèges
Le preta de l'île singulière tome 2 : la dernière danse
L'été de la Dame en blanc
Ainsi, il y eut un soir, et il y eut un matin T1 Un mur de trop
Ainsi, il y eut un soir, et il y eut un matin T2 le pouvoir des livres
Trous noirs à l'abbaye Saint Félix de Monceau
L'île à l'envers (pour enfants)
Le voyage fantastique du chroniqueur du roi (pour enfants)

Recueils de nouvelles collection plum'vagabonde

J'ai quelque chose à vous dire   Marie-France Alias
C'était écrit dans le sable   Claude Muslin
Les caprices du vent (nouvelles) Bernadette Boissié-Dubus
En nos sombres jardins   Bernadette Boissié-Dubus

Sur le patrimoine   **Clair de terre**

Chroniques frontignanaises   Maurice Nougaret
Regard sur le vingtième siècle   Jean Valette
Chemins de femmes en Languedoc Any Alix Brouilhet-Davidson
Schappes de soie   Any Alix Brouilhet-Davidson
1786... Un Ecossais à Bordeaux Any Alix Brouilhet-Davidson
La Dame de Baronnie   Georges Château

Tranches de vie

La soixantaine esseulée   Anny Vallée
Un jour je suis mort   Jean-Marc Gomez
Une vie à vivre   Claude Muslin
Comme un parfum de soufre   Bernadette Boissié-Dubus

Du même auteur
Arc en Ciel

Achevé d'imprimer septembre 2017
Par Lulu.com
Pour les éditions Clair de Plume 34
ISBN : 978-2-37524-026-7-

Le code de la propriété intellectuelle n'autorisant, aux termes de l'article L 122-5 (2°et 3°alinéas), d'une part, que les « copies ou reproductions strictement réservées à l'usage privé du copiste et non destinées à une utilisation collective » et, d'autre part, que les analyses et les courtes citations dans un but d'exemple et d'illustration, »toute représentation ou reproduction   intégrale ou partielle faite sans le consentement de l'auteur ou de ses ayants droit ou ayants cause est illicite » (art. L.122-4). Cette représentation ou reproduction, par quelque procédé que ce soit, constituerait donc une contrefaçon sanctionnée par les articles L.335-2 et suivants du code de la propriété intellectuelle.

www.ingramcontent.com/pod-product-compliance
Lightning Source LLC
Chambersburg PA
CBHW070600180626
46817CB00005B/1925